소설

남북

통일

남북통일

소설 南北統一

정명철 **지음**

행복우물

차례

1. 교도소 살인사건

2010년 10월 15일 금요일

"개방!"

"하나, 둘, 셋, 넷 …"

"빨리! 빨리!"

"3상 1방! 3상 2방! 3상 3방! …"

"빨리 문 열어!"

"지랄을 하세요."

"씨발, 비 오네."

"낮에도 온대?"

"어제 일기예보 안 봤어?"

"근데 저 새낀 오늘 왜 저렇게 떠들어?"

"야! 3상 7방, 조용히 안 해?"

　　3동 상층 사동에서 쏟아져 나온 사람들이 서로 섞여 교도소의 복도는 어수선했다. 습한 동해바다의 새벽공기가 시끌벅적한 사내들의 짐승냄새와 섞여, 열린 방안으로 확 밀려 들어왔다. 숨이 막혔다. 순간 강철은 또 욕지기를 했다. 이제 1년이면 그만 할 때도 됐는데… 하며 그는 고무신을 꺼내 신었다. 누군가 허리를 굽힌 그의 엉덩이를 툭 치고 지나갔다.

　　"운동화 하나 사세요."

　　강철은 웃으며 고개를 들었지만 이미 사람들 속에 섞인 그를 찾을 수는 없었다.

　　영세가 며칠 전 고급 운동화를 한 켤레 사달라고 한 일이 생각났다.

　　"빨래 두 번 해 준다고?"

　　복도 구비마다 담당들이 서서 노려보고 있었다.

　　"말하지 말고 빨리 빨리 걸어 가!"

　　근육질의 젊은 팔각모자 둘이 뛰어왔다.

　　"뭐야?"

　　"아무것도 아냐"

이제 막 오십이 된 이 주임이 밤새 야근 후인 듯 피곤한 목소리로 얼버무렸다.

"이 목사 빨리 가."

누군가의 작은 소리가 어수선한 발자국 소리에 섞여 들렸다.

"노무현이 때가 좋았지, 이건 뭐 아예 쥐를 잡네, 쥐를 잡아."

"개새끼들"

대관령에서 내려오는 새벽공기가 긴 복도의 열린 창문사이로 상큼하게 들어왔다. 이곳 동해교도소는 전국에서도 공기 맑기로 소문난, 징역살이에 가장 좋은 곳이었다. 강철이 1년 전 이곳 동해교도소로 이감 와 제일 먼저 놀란 것은 맑은 하늘이었다. 정말 생전 처음 본 파란 색감의 하늘이었다. 그 사이 사이 펼쳐져 있는 구름들은 세잔의 그림에서 보았던 바로 그 하얀 구름들이었다. 그런 구름들을 보는 것은 강철에겐 경이 그 자체였다.

"목사님 이따 머리 깎으러 갈게요. 잘 깎아 줘야 돼요."

봉제1에서 일하는 재봉사 윤명이 손을 들어 흔들며 사람 좋은 웃음을 짓고 스쳐 지나갔다.

강철은 능숙하게 가위질을 하며 마루타의 머리를 깎았다.

이젠 제법 이발사다운 모습이 나왔다. 그래도 그에게 몇몇 단골이 생겨 그나마 재리에서 구박은 면하고 있었다.

감옥에 들어오니 참 이런 저런 은어도 많았다. 머리를 깎으러 온 신참자를 마루타라고 부르는 것 하며, 재소자들을 위한 이발소를 재리라고 줄여 부르는 것 하며. 강철은 그런 용어들도 다 필요에 의해서 만들어졌으려니 했다. 여기 감옥생활이 따분하고 지루하다 보니 말로써 울분을 토해내려고 만들었으리라.

"야, 너 기계 제대로 안 댈래? 가위질 하는 거 하고는, 귀 하나 자를까?"

반장이 낮고 허스키한 목소리로 보름 전 재리에 들어 온 두산에게 피곤한 듯이 말했다. 강도상해로 5년을 받은 두산은 취장에서 2년을 있다가 이제 막 재리로 온 초짜 이발사였다. 강릉이 교향인 그는 시골 대학을 1년 다니다 그만두고는 서울로 올라가 인테리어 공사장을 따라다니다가 이곳에 오게 되었다고 했다. 중고등학교 시절 역도를 했다는 두산은 힘이 장사로 언제나 말이 없는 32살 청년이었다.

"너 내말 씹고 있지? 내가 거울보고 말하는구나?"

그 제서야 두산은 반장을 흘낏 한번 보고는 고개를 끄덕였다.

재리 담당주임인 고 주임이 말을 가로챘다.

"반장, 원예 안 온대?"

"전화 한번 해보시죠."

"몇 명이래?"

"아까 원예반장이 세 명이라고 그러던데요."

"지금 불러?"

"야, 두산이 넌 언제 끝나?"

강철은 마침 마무리 면도를 하고 있었다.

"저는 다 끝났는데요."

"원예 부르세요."

반장이 세면장으로 가며 말했다.

그때 누군가 문을 두드렸다.

문방을 보고 있던 용덕이 고개를 빼고 밖을 보다가 반장을 쳐다보고는 허락을 구했다.

"뭔데?"

"봉제1인데요?"

"열어줘."

"목사님, 안녕하세요?"

아까 아침에 보았던 재봉사 윤명이 들어오면서 강철에게 아는 척을 했다.

"조용히 해."

고 주임이 화를 냈다.

지금 16년째 징역살이를 하고 있는 윤명은 능글맞게 웃으며 고 주임을 툭 치고 이발의자에 앉았다. 강철은 조용히 웃어 주었다.

운동장에 나온 강철은 하늘을 올려 보았다. 오늘도 하늘은 역시 맑았다. 관용부에서 같이 운동을 나온 원예, 영선, 세탁부 사람들이 뛰어가며 손을 들어 인사를 했다. 동해의 하늘은 소름이 돋을 만큼 언제나 강렬했다. 멀리 대관령과 그 위의 풍차, 그리고 경포대로부터 불어오는 바다 냄새는 문득 문득 강철에게 이곳이 교도소라는 사실을 잊게 하곤 했다.

아까 원예의 지훈이 운동시간에 나올 건지 어떤지를 물었던 기억이 나서 강철은 무심결에 지훈을 찾았다. 요즘 들어 지훈은 더욱 불안해 보였다. 이제 들어온 지 넉 달쯤 되었는데, 처음부터 그는 무척 불안정했다. 대표적인 우익신문인 대한일보의 신참기자였던 서른 살의 지훈은 무엇엔가 쫓기듯 감옥 안에서도 항상 주변을 살피며 깜짝 깜짝 놀라곤 했다. 일종의 신경쇠약 증세같아 보이기도 했다.

강철은 원예에 있는 전직교사였던 박 선생에게 특별히 부탁하여 지훈을 유심히 보살펴 줄 것을 부탁한 적도 있었다. 그런 지훈이 오늘은 특별히 무슨 할 얘기가 있다는 듯, 운동시간에 대화를 청했다. 손을 들어서 지훈을 부른 강철에게 그는 조용히 뒤로 다가와 같이 걸으며 말했다.

"목사님!"

"나 목사 아닌데…"

강철은 웃으며 지훈을 올려보았다. 키가 월등히 큰 지훈은 조금은 마른 체형이어서 그런지 오늘 따라 더욱 파리해 보였다. 지훈은 강철을 보자 약간은 안정을 찾은 듯 같이 웃었다. 감옥 안에선 누군가 자신과 같이 걸어만 주어도 고마울 때가 있다. 거기에 더해서 그가 수용자들 사이에 명망이 좀 있는 사람이라면 그것은 곧바로 힘이 되었다. 강철은 언젠가부터 교도소 내에서 그런 사람이 되어가고 있었다.

"왜, 요새 무슨 일 있니? 요즘 좀 아파보이더라."

"목사님, 혹시 제게 무슨 일이 있으면 그것은 음모입니다."

지훈은 대답 대신 강철에게 느닷없는 말을 했다.

갑자기 지훈의 눈에서 빛이 났다.

"무슨 일? 어디서? …여기서?"

"예. 여기서."

"네게 무슨 일이 있어? 무슨 일이야 깡패들에게나 있지. 네가 깡패니?"

"목사님, 혹시라도 제가 죽게 되면 그것은 음모입니다."

"뭐……?"

"그것도 확실한 음모입니다. 제가 죽은 것이 곧 그 증거가 될 것입니다."

"뭐라고? 죽이긴 누가 널 죽여?"

뜬금없는 얘기에 강철의 말이 조금 날카로워졌다.

"저는 강간하지 않았습니다."

"……?"

"만약 제게 무슨 일이 생기면 제 아내에게 꼭 이 얘길 전해 주십시오. 저는 죄가 없다고요. 지금 제 옆에서는 엄청난 일이 벌어지고 있습니다. 모두 음모입니다. 세상이 뒤바뀌는…"

"지훈아, 무슨 소리야?"

"목사님, 얼마전까지 저는 엄청난 사실을 취재하고 있었습니다."

"취재?"

"네, 그것은 월화수계획으로 불립니다. 암호명입니다. 아직은 거기까지 밖에 모릅니다. 그러나 확실합니다."

"무슨 소리야? 뭐가 확실한데?"

지훈의 목소리는 떨리고 있었다.

"그날 저는 취재를 끝내고 택시를 탄 것까지는 기억하지만 그 이후에 정신을 차리니, 제가 여관에서 어떤 여자를 강간한 것으로 되어 있었습니다. 그것도 술집에서 만났다는 미성년 여자 아이였습니다. 그리고는 지금 이곳에 있습니다.

저는 맹세코 아무 일도 모릅니다."

"그래? 그럼 그 월화수계획이라는 것이 뭔데?"

"그것은 적화통일 프로젝트입니다."

"뭐?"

"지금 남과 북의 일부 집단들이 극비리에 진행시키고 있는 프로젝트입니다. 이제 거의 완성단계에 왔습니다."

강철은 갑자기 머릿속이 하얘졌다. 그때 긴 사이렌 소리가 들렸다. 30분 운동시간이 끝난 것이었다.

"운동 끝! 자, 빨리 빨리 들어가!"

고 주임이 손을 들자, 반장이 사람들을 모으고 있었다.

강철은 지훈의 손을 잡고 지긋이 힘을 주었다.

"그래, 지훈아 들어가자. 나중에 또 얘기하자."

지훈은 돌아서 들어가며 강철을 다시 한 번 보았다. 그의 눈이 반짝였다. 뭔가 말로 표현할 수 없는 냉기가 서려있었다.

"목사님, 지금 북의 실권자는 이미 김정일, 김정은이 아닙니다. 진짜 실력자는 그 뒤에 따로 있습니다. 모든 것은 그가 하고 있습니다."

뭔가 서늘한 바람이 강철의 등 뒤에서 스쳐지나가는 것이 느껴졌다. 강철은 뒤돌아보았지만 지훈은 이미 들어가고 보이지 않았다. 지훈의 절박한 소리가 크게 여운을 남겼다.

원래 감옥이란 곳이 도둑이나 깡패만 오는 데가 아니어서 별의 별 사람들이 다 모이는 곳이기는 하지만 지금 지훈의 이야기는 강철에게도 적잖게 당혹스러웠다.

"목사님, 지훈이가 뭐래요? 어디 아프대요? 요즘 상태가 아주 안 좋아 보이던데…"

같이 들어가던 반장이 물었다.

감옥 안에서는 어떤 비밀도 있을 수 없다. 더구나 기결수가 다해야 200명 남짓한 동해교도소는 말할 나위도 없었다. 징역살이라는 것이 두, 세평 방안에서 칠, 팔 명이 같이 먹고, 자고, 싸고 하는 짓이라, 그 숨소리 하나까지도 서로에게 체크가 되게 마련이다. 아무리 그래도 지금 지훈의 말은 선을 넘었다. 강철은 옆에 같이 들어가던 재리 반장에게 말했다.

"반장님, 원예 반장에게 얘기해서 지훈이 좀 잘 살펴보라고 해주세요. 와이프 걱정을 많이 하네요."

강철은 돌려서 말했다.

"지훈이 그놈 아직 6년 반이나 남았어요. 제 정신 들어오려면 몇 년 더 있어야 합니다. 이제 6개월 지났는데 넋이 나갔지요. 아직은…"

조직으로 살인을 하고 15년형을 받고 이제 9년째 살고 있는 반장 진호가 웃으며 말했다. 나이가 서른 중반인데도 하는 짓은 육십 노인이었다. 건달들 세계에선 알아주는 칼잡이지만 유독 강철과는 좋은 관계를 가지고 있었다.

　"반장님, 그리고 동생들에게도 얘기해서 지훈이 좀 보호하라고 해주실래요? 어쩐지 뭔가 이상하네요."

　"왜요? 지훈이 그 놈 신문기자였다면서요. 성폭력인데… 뭔 일 있을라고요."

　다음날 저녁 무렵에 재리반장 진호가 용덕에게 빨리 가서 목욕물을 맞추라고 지시하고 있었다.

　"오늘은 목욕이 어디야?"

　재리 바로 옆에 수용자 목욕탕이 있어서 목욕이 있는 수, 목요일은 재리에서 누군가 나가 냉, 온수 조절이나 청소 지원 같은 일들을 해주어야 했다. 오늘은 목욕 담당이 용덕이었다. 용덕은 오십 초반의 조금 모자란 사람으로 약간의 다리 장애를 가지고 있었다. 무전취식으로 항상 겨울에 들어와 봄이 되면 나가는, 여기 감옥의 용어로 표현하자면 법무부의 자식인 '법자'였다.

　글을 아직 다 못 깨우친 용덕이 목욕탕 쪽으로 가면서 벽 칠판에 쓰인 명단을 띄엄띄엄 읽었다.

　"기결…에…세탁…영선…취장…원예…위탁…봉제…입니다…"

　"빨리 가욧!"

반장이 닦달했다.

“아 ~ 악!”

얼마 후, 목욕탕 쪽에서 온수 밸브를 틀고 있던 용덕의 비명소리가 감옥 안에 날카롭게 퍼져나갔다.

반장이 뛰어나갔다.

“왜 그래?”

강철이 두산에게 물으며 목욕탕으로 향했다.

이미 그곳엔 고충 처리반 수사관들과 담당 주임, 그리고 반장들까지 다 모여 있었다.

“이미 죽었어요.”

반장 진호가 조용히 강철에게 말했다.

“자살이야.”

누군가 자신의 책임을 피하려는 듯 본능적으로 말했다.

목욕탕 욕조 밖 어두운 구석에 지훈이 앉은 채로 죽어 있었다. 그의 목엔 물에 젖은 수건이 감겨져 있었다. 이 방법은 감옥 안에서 가끔 살인에 사용되어지는 방법으로 수건을 물에 묻혀 목에 감아 묶어버리면 잘 풀리지 않는다. 지훈은 그렇게 죽어 있었던 것이다. 강철은 숨이 멎을 것 같았다. 어제 지훈이 자신에게 한 얘기가 생각났다.

“목사님, 혹시라도 제가 죽게 되면 그것은 음모입니다.”

강철은 가까이 가서 지훈의 얼굴을 확인했다. 평안해 보였다. 죽는데 오래 걸리진 않은 듯 주변도 깨끗했다.

"이 목사."

고 주임이 강철에게 눈짓으로 제지를 했다.

"누가 죽였습니까?"

강철이 고 주임에게 물었다.

"자살이지 뭐 자살. 죽이긴 누가 죽여? 이런데서."

"여기 동해교도소엔 그럴 놈도 없어."

고충 처리반 수사관인 이 부장이 히죽대며 말했다.

강철은 전국교도관 유도대회 챔피언인 이 부장을 흘깃 쳐다보고 밖으로 나왔다. 아무 얘기도 하지 않았다. 나오면서 진호를 툭 쳤다. 따라 나오는 진호에게 강철이 조용히 물었다.

"누군지 알아요?"

"뭘요?"

"이건 살인입니다."

"살인요? 누가?"

"뭐 집히는 거 없어요?"

"나는 몰라요. 전혀… 우리는 모르는 일입니다. 근데 여기서 무슨 일이 있다면 절대 나 모르게는 할 수 없습니다."

그곳에서도 유명한 건달인 진호는 단정적으로 말했다.

"자살이라고요?"

강철이 믿기지 않는 듯 다시 물었다.

"목사님, 왜 그러세요?"

진호가 걱정스럽게 물었다.

"진호씨, 어제 지훈이가 내게 한 말이 이거였어요. 누군가 자기를 죽이려 하고 있다고요. 만약 자기가 죽는다면 그것은 음모라고요. 그것도 아주 큰 음모… 그리고는 오늘 저렇게 죽은 겁니다."

"예 ~ 에?"

진호가 눈을 크게 뜨고 강철을 쳐다보았다.

"근데 목사님, 그때 욕탕 안에 외부인은 없었습니다."

그리고 진호는 말을 이었다 .

"원예, 내소, 외청, 다해서 13명이었습니다. 전부 다 모범수들이고 단기수들 뿐이었습니다. 그리고 나 모르게 여기서 그런 일 아무도 못합니다."

진호는 다시 한 번 단정적으로 말했다.

그러나, 바로 어제 지훈은 자신의 죽음을 예견했었고, 그것은 분명코 음모에 의한 타살일 것임을 분명히 했었다. 말 그대로 지훈은 죽었고 지금 그 시체가 강철의 눈앞에 있다.

강철은 혼란스러웠다.

무언가 어두운 예감이 밀려왔다. 어제만 해도 아직 어린

풋내기 기자의 넋두리 정도로 여겼지만 이젠 사정이 달라진
것이다.

2010년 11월 23일 화요일

　오늘은 하루 종일 교도소 내 분위기가 어색했다.
　냄새가 달랐다. 뭔지 딱히 말을 할 수는 없었지만 그랬다.
이제 강철도 그런 냄새는 감으로 때려 잡을 수 있었다. 그런
데 저녁이 되어서야 그 원인을 알 수가 있었다.
　"목사님, 전쟁입니다. 연평도에서 남북 상호간에 포격전이
일어났답니다. 실제상황이랍니다. 남북에서 모두 사상자가
나오고 있답니다."
　반장 진호가 어디선가 듣고선 은밀하게 말했다.
　강철은 적잖이 놀랐으나 밖으로 티를 내지는 않았다.
　"왜요?"
　"몰라요. 그렇지만 좀 다른데요? 그냥 테러가 아니고 전쟁
상태입니다. 정규군간의… 대형 교전 말입니다."
　"전쟁이요?"
　강철은 얼마 전 죽은 지훈의 말이 생각났다.

　"지금 남과 북에서 월화수계획이 진행 중입니다. 그것은

적화통일 프로젝트인데, 이제 거의 완성단계에 있습니다.
머지않아 곧 적화통일이 됩니다.”

　지훈의 죽음은 그 후 자살로 흐지부지 처리되어 가고 있
는 중이었다.
　“그럼 우린 어떻게 되지요?”
　“글쎄요, 얘길 들으니 여기선 스무 명 정도 남겨두곤 전부
석방이라던데요?”
　“석방이요? 하하하!”
　강철은 뜬금없이 웃음이 나왔다.
　“목사님 같은 분들은 다 나가고, 우리 같은 사람들만 어디
모아서 따로 관리한답니다. 전부 죽일라나…”
　진호가 씁쓸하게 웃었다.
　“에이, 그럴 리가…”
　그러나 지금 강철에겐 지훈이 했던 말들만이 머릿속을 어
지럽히고 있었다.

　“목사님, 지금 북의 실권자는 이미 김정일, 김정은이 아닙
니다. 진짜 실력자는 그 뒤에 따로 있습니다. 모든 것은 그가
하고 있습니다.”

그 말은 한 젊은 신문기자가 목숨을 걸고 취재하던 중, 감옥에서 의문의 죽음 직전에 마지막으로 남긴 말이었다. 그리고 강철은 그 말을 바로 그를 통해서 들었다.

2. 출소

2011년 1월 3일 월요일

1년 6개월 만에 바깥세상을 본 강철은 하늘을 천천히 쳐다보았다. 이곳에 있는 동안 강철에게 새로 생긴 버릇이었다. 강철은 오랫동안 교도소 정문을 바라보았다. 아무도 그를 기다리는 사람은 없었다.

안에서 보던 감옥 문과 밖에서 보는 감옥 문은 너무 달랐다. 작았다. 강철은 아무도 출소 일에 오지 못하도록 모두에게 연락을 해둔 터였다.

바다가 보고 싶었다. 언젠가 감옥 안 망루에 올라갔던 영선반의 학수가 망루에 올라갔다와서, 그곳에선 바다가 보인다고 했었다.

강철은 깊은 호흡을 한번 몰아쉬고 천천히 교도소 언덕을 걸어 내려갔다. 외곽 정문 근무를 서고 있던 이 주임이 바리케이드를 움직이다가 강철에게 손을 들어 아는 척을 했다.

"나가는 거야?"

"예."

맑은 바닷바람이 코끝까지 밀려왔다.

한쪽 벽이 전부 통유리로 되어있는 13층의 방에서 바라보는 광화문과 경복궁 주변의 야경은 아름다웠다. 강철은 창문으로 끝없이 이어져 흘러가는 자동차의 불빛 행렬을 바라보고 있었다. 길지 않은 감옥생활이었지만 그 전과 그 후의 자신이 아마도 많이 달라져 있을 거라 생각했다.

창문 바로 앞에 교보빌딩, 동아일보 사옥, 세종문화회관, 미대사관 건물의 창문에 불이 밝게 켜져 있었다. 저쪽 부암동 고갯길, 북악산, 경복궁의 경회루, 근정전, 청와대가 어렴풋이 보였고, 옛날 국제 극장이 있던 자리엔 대형 면세점이 세워져 있었다.

강철은 창문에 턱을 괴고 기대어 지금은 없어진 저 앞 국제극장 뒷골목 길들을 뛰어 다니던 어린시절을 떠올렸다. 그리고 지훈의 죽음에 대하여 추리를 해보았다.

그들이 누굴까?

누가 지훈을 죽였을까?

과연 지훈의 말이 어느 정도 신빙성이 있을까?

지훈의 죽음은 타살인가? 자살한건 아닐까?

도덕적으로 막다른 골목에 몰린 지훈이 지어낸 얘긴 아닌가?

강철은 자신도 모르게 죽은 지훈에게 자꾸 가까이 가고 있음을 느꼈다. 그렇다 해도, 지훈의 말이 모두 사실이라 해도, 강철로서는 딱히 어쩔 수도 없었다. 그리고 미처 거기까지는 생각도 하지 못하고 있었다.

강철은 쉬고 싶었다. 시골 양평에서 작은 교회를 40년째 담임하고 있는 아버지 이문수 목사를 출소 후 바로 가서 만난 것 외에는 아직껏 아무 일도 하지 않았다. 출소하자마자 누나 영순이 광화문의 고급 오피스텔을 얻어주어 강철은 막 책 몇 권만을 가지고 들어온 참이었다.

그때 강철의 핸드폰이 울렸다.

강철은 자신에게 누가 벌써 전화를 할까 의아해하며 핸드폰을 열었다. 아직 아버지와 누나 외에는 그 누구에게도 전화 번호를 알리지 않았기 때문이었다.

"여보세요?"

수화기에선 뜻밖에도 처음 듣는 젊은 여자의 목소리가 들려왔다.

"이강철씨인가요?"

"그런데요?"

"갑자기 전화 드려서 죄송한데요, 뭐 좀 여쭤볼 일이 있어서… 전 김은경이라고 합니다."

"무슨 일이신데요?"

"박지훈 기자 아시죠?"

"네?"

강철은 깜짝 놀랐다. 지훈이라는 말이 수화기 저쪽에서 들려 왔기 때문이었다.

"감옥에 같이 계셨던 것으로 아는데…"

"무슨 말씀을…?"

"중요한 일로 좀 만나 뵈어야 할 것 같습니다. 시간 좀 내주시겠어요?"

강철은 불쾌한 생각이 들었다. 무엇보다도 감옥 얘기를 거침없이 하는 태도가 마치 자신의 깊은 비밀을 이미 다 알고 있는 것만 같아서 당혹감을 감출 수가 없었던 것이다.

"무슨 일이신지 먼저 말씀부터 해주시지요."

강철은 불편함을 감추지 않고 대답했다.

"아, 네, 죄송합니다. 저는 작가 김은경입니다. 얼마 전부터 통일관련 소설을 쓰고 있는데, 취재 중 이상한 상황들이 발생했고, 그 주변에 박지훈 기자가 있다는 사실을 알았습니다.”

“그런데요?”

“박지훈 기자가 죽은 거 아시죠?”

“……”

“그때 현장에 계셨다고 들었습니다. 무언가 박 기자가 남긴 말이 없나 해서요.”

강철은 김은경에 관하여 들은 적이 있는 것 같았다. 베스트셀러 작가로 언론의 관심을 받는 유명인사라면 유명 인사였다. 꽤 알려진 ≪하늘과 바다와 산, 그리고…≫라는 소설과 그 밖에 여러 작품이 있었지만 강철은 사실 그녀의 작품을 읽어본 적은 없었다.

“글쎄요. 딱히…”

강철은 지훈에 대해 말하지 않았다.

“이 선생님, 일단 한번 좀 만나죠.”

“저는 따로 드릴 말씀이 없습니다.”

“그러지 마세요. 박 기자가 죽던 날 아침 부인과의 면회에서 이강철씨에게 다 말했다고 했어요.”

“뭘요?”

“박 기자 부인에게서 다 들었습니다.”

강철은 당황스러웠다. 그건 앞으로 자신이 무언가 복잡한

일에 말려들 것 같은 예감이었다.

"좀 만나주세요. 사실은 아주 중요한 사항입니다. 실제상황이기도 하고요. 젊은 기자가 죽었습니다. 이유를 잘 아시지 않습니까?"

강철은 경복궁 건춘문을 지나 북촌 옆 삼청동에 있는 카페 '라끄라'에 앉아 있었다.

아주 오랜 만에 와 본 삼청동 길이었다. 옛날 어린 시절엔 친한 친구가 살던 골목길이었는데, 지금처럼 삼청공원 안에 길을 따라 난 철망이 없었을 때 친구들과 개울을 따라 놀던 기억이 났다. 강철은 뜨거운 커피를 천천히 한 모금 마셨다. 예쁘게 만들어진 창문의 커튼 사이로 좁은 골목길의 풍경이 들어왔다.

"안녕하세요?"

젊은여인이 좀 긴 머리칼을 치켜 올리며 앞자리에 앉았다. 앉는 모습이 마치 깨끗한 소년같았다.

"저, 김은경입니다."

올려보는 눈이 반짝였다.

엉거주춤 인사를 하는 강철에게 그녀는 주저하지 않고 말을 걸어 왔다.

"한국대학 졸업하셨지요? 물리학과 95학번."

“네.”

“저도 한국대 94학번예요. 정외과 출신이죠. 우리 인사하죠.”

은경이 손을 내밀며 가볍게 웃었다.

“제가 1년 선배네요. 그러니까… 이 선생님은 34살 맞죠?”

강철에 대해 이미 많이 준비하고 온 듯 했다.

“…아마 그때 어디선가 많이 지나치고 살았을 거예요.”

은경은 웃으며 강철과 같은 종류의 커피를 주문했다.

“…좀 늦으셨네요. 먼저 만나자고 하셨는데.”

강철은 담담히 말했다.

“유명하시던데요? 예전에 감옥가실 때 뉴스에 좀 났었죠?”

커피를 마시며 은경은 강철보다는 자신이 하고 싶은 얘기를 했다. 본래 성격이 그런 것 같았다.

“저를 보시자고 한 이유가 뭐죠?”

강철은 조용히 들려오는 바흐의 미뉴엣 G장조 피아노 독주를 들으며 동해바다 위의 구름을 생각 했다. 따뜻한 헤이즐럿 향이 그를 행복하게 했다.

“목사님, 나가시면 꼭 한번 면회 오셔야 합니다. 양복 입고 넥타이 맨 모습을 꼭 좀 보고 싶어요.”

무기징역을 살고 있는 학태가 한 말이 생각났다. 사고로 왼쪽 발목의 인대가 끊어져 다리를 절고 있던 학태는 강철이 나오기 얼마 전에 설상가상으로 간암 진단까지 받았다. 강철은 커피 잔을 단숨에 비웠다.

"박지훈 기자가 어떻게 죽었죠?"

은경의 질문이 강철을 깨웠다.

"자살입니다. 그렇게 수사발표가 나지 않았나요?"

강철이 시큰둥하게 말했다.

"이 선생님도 그렇게 생각하세요?"

은경이 강철을 쳐다보다 호칭이 불편한 듯 웃으며 다시 말했다.

"근데… 우리 호칭부터 좀 정하죠."

"네?"

강철이 깜짝 놀라 쳐다보았다.

"우리 서로 1년 차이 동문이니까 그냥 이름 뒤에 '씨'자 붙이는 걸로 하죠? 같이."

강철은 속으로 웃었다. 생각보다 앞에 있는 여자는 단순하고 감정적인 사람 같았다.

"아무래도 계속 봐야 할 것 같아서 그래요. 오해는 하지 마세요. 일 때문이니까."

그리고 은경이 급하게 말을 이었다.

"혹시 박 기자가 통일 얘길 하지 않던가요?"

"저는 아는 것이 없습니다. 별 관심도 없고요. 적화통일 운운 이야기야 50년 넘게 매일 들었던 거 아닌가요? 또 뭐 새로운 것도 없어요. 그렇다고 우리 같은 사람들이 딱히 할 일도 없고. 굳이 전쟁이라도 해서 막자면 정치하는 사람들이 하는 것이지 우리야 뭘 어쩌자고요."

강철이 웃자, 은경이 정색을 했다.

"이강철씨, 아직 잘 모르셔서 그러는데, 지금 남북한 간에 엄청난 사건이 진행되고 있어요. 이강철씨가 원하든 아니든 지금 우리는 그 중심에 있어요. 이건 진짜 역사라고요. 그리고 그 사실을 우연히 알고 취재하고 있던 한 젊은 기자가 억울하게 죽었단 말이에요. 자살이 아닌 건 아시죠?"

그때 갑자기 강철의 핸드폰이 울렸다.

강철은 의아한 눈빛으로 은경을 쳐다보며 핸드폰을 열었다. 이상한 일이 지금 강철에게 계속하여 일어나고 있는 것이다.

"……이강철씨?"

낮고 굵은 남자의 목소리였다.

"징역살이 끝난 지 며칠 안됐지요? 그냥 조용히 지내세요. 밖의 공기 고마운 줄 아시고요. 앞에 있는 여자 분도 지켜 주셔야지요. 기억하십시오."

　“…………?”

　창문 커텐 사이로 보이는 골목 끝에서 한 사내가 손을 들어 보이고는 바로 사라졌다.

　강철은 은경의 얼굴을 가만히 쳐다보았다.

　“누구예요?”

　“나갑시다.”

　강철은 은경의 손을 잡아끌었다.

　“차 가져 왔어요?”

　“예.”

　“제가 운전하겠습니다.”

　강철은 삼청터널을 지나 성북동을 돌아 내려오면서 뒤에 어떤 차도 따르지 않는 것을 확인했다.

　그들은 혜화동의 한 카페로 들어갔다.

　“안녕하세요? 간사님 나오셨단 얘긴 들었어요.”

　반가이 맞은 카페 주인이 강철을 알아보고 인사를 했다. 사람 좋은 후덕한 아주머니였다. 강철이 성북동의 희망교회에서 대학부 간사로 있을 때에 자주 들르던 성도의 가게였다. 이곳은 강철이 믿을 수 있는 안전한 곳이었다.

　성도가 일 만 명이 넘는 80년 역사를 가진 희망교회에서의 일이었다.

새로 들어온 후임 당회장과 원로목사와의 알력으로 교회
는 원로목사 우상화가 진행되어 가고 있었다. 그가 독립교단
의 교주가 되어가고 있는 와중에 아버지 이문수 목사의 소
개로 대학부 간사로 들어갔던 강철은 목사고시를 몇 달 앞
두고 대학생들을 선동하고 교회에 대적했다는 이유로 명예
훼손과 횡령죄를 뒤집어쓰고 징역 1년 6개월을 산 것이었다.

강철은 한국대학에서 천재소리를 들으며 물리학을 공부
하다가 그 물리적 실재의 끝에서 실존의 길을 잃어버렸었다.
고민하다가 졸업 후 신학대학원에 입학을 했고, 그곳에서 그
는 신을 만났다. 일반인들이 아는 관념적인 하나님이 아닌
실재적인 하나님을 만났던 것이었다. 마치 영화가 수많은 기
계적 구조와 전기적 원리로 영상을 만들고 그것들이 연속적
으로 모여 움직이는 화면이 되고 그것에 스토리가 입혀지고
사람들에겐 꿈으로 남는 것과 같이, 강철은 그 믿음이라는
구조 속에 기계적 원리로 실존하는 하나님을 만난 것이었다.
그것은 강철이 자신의 인생을 바꾸기에 충분한 의미였다.

강철은 언제나처럼 조용한 자리를 청하여 앉았다.

영화 '클래식'에 삽입됐던 파헬벨의 캐논D장조가 조용히
흘러 나오고 있었다.

"이제 다 말해보세요. 지금 이 상황이 뭔지. 그리고 조금
전에 제게 전화해서 협박했던 그 사람들이 누군지. 그리고

왜 그러는지. 그리고 지금 김은경씨가 어떻게 위험한건지도 요."

"하나씩 천천히 물어보세요."

은경은 당황하지 않고 웃었다. 오히려 동지를 이제 만났다 는 안도감을 느끼는 것처럼 보였다.

"음… 어디에서부터 말해야 할까… 아, 제가 먼저 하나 물 어보고 시작해야겠군요. 박 기자에게 뭘 들었는지부터 얘기 해주시겠어요? 어디까지 들으셨어요?"

강철은 은경을 천천히 올려보았다.

"지금 남과 북에서 어떤 사람들이 극비리에 월화수계획이 라는 것을 진행시키고 있는데, 그것이 적화통일계획이라더 군요. 그리고 현재 북의 실권자는 김정일, 김정은이 아니고 다른 누가 있다고 했습니다."

"그리고요?"

"음… 곧 그 프로젝트가 완성된다고 했습니다."

은경은 눈을 반짝였다.

"네. 그들 말대로라면 곧 적화통일이 되는 것입니다."

"그들이 누구죠?"

"아까 강철씨에게 전화했던 사람들. 또 어쩌면 박 기자를 죽인 사람들."

"어느 쪽 사람들이죠? 남? 북?"

"아직은 확실히 모르겠어요. 남일 수도, 아님 북일 수도, 아님 남북 다일수도, 어쩌면 그 어느 쪽도 아닐 수도 있어요."

은경은 잠시 말을 끊었다 계속 이어 나갔다.

"저는 ≪통일 프로젝트≫라는 소설을 쓰고 있었어요. 그런데 취재 중에 보니까 실제로 은밀히 다른 통일 프로젝트가 진행되고 있었어요. 우리 모두가 알고 준비하던 것과는 전혀 다른 방향으로요. 그런데 그 프로젝트는 절대 남쪽에서 주도하는 것이 아니었어요. 지금 북에서 말하는 '2012년 강성대국 원년'이란 것이 바로 그들이 말하는 남북통일 원년을 말하는 것이지요. 지금 남쪽 사람들은 전혀 눈치도 못 채고 있어요. 그들은 지금 아주 은밀하게 그 통일 프로젝트를 진행시키고 있어요. 그 프로젝트가 바로 월화수계획입니다. 문제는 지금 북한의 실권자가 이미 김정일, 김정은이 아니라는 겁니다. 그는 철저하게 베일에 가려진 비밀의 인물이에요. 지금 그가 이 모든 것을 진행하고 있어요. 김정일은 완전 허수아비입니다. 김정은은 말할 것도 없고요.. 아마 김정일은 그 일가의 목숨유지와 빅딜을 한 것 같아요. 아시겠지만 2012년은 현재의 세계 정치판도에 한 획이 그어 질 해입니다. 먼저 미국, 중국, 러시아, 한국의 권력자와 그 세력이 모두 바뀝니다. 북한까지도 2012년은 김정일의 생명이 담보

될 수 있는 한계년도입니다. 2012년에 통일을 이루지 못하면 언제 또 기회가 올지 알 수 없습니다. 이미 그 월화수계획은 약 4년 전 쯤 부터 은밀하게 진행되고 있었어요. 이제 거의 마무리 단계에 와 있는 것 같습니다. 박지훈 기자도 통일 특집을 준비하다가 여기까지 알게 된 거고요."

"박 기자를 만나본 적이 있나요?"

"네."

"그래요? 그런데 왜 죽었죠?"

"아마도 내 추측에는 베일에 가려진 그 비밀의 인물에 대하여 뭔가 결정적인 사실을 알아낸 것 같습니다. 그래서 누군가가 죽였을 거라는 생각이 들어요."

은경은 추측이라면서도 확정적으로 말하고 있었다.

강철은 조금씩 문제의 심각성을 느꼈다. 이 모든 말들이 사실이라면 바로 앞의 김은경도 안전하지가 못하다. 아까 그 전화에서도 강철은 직접 협박을 받았었다. 생각보다 문제는 심각했고, 강철은 생각보다 깊이 이 일에 관여되었다. 강철은 앞의 은경이 자신의 위험을 아는지 모르는지 너무도 소설처럼 설명을 하는 것을 보고는 어쩐지 연민을 느꼈다.

"목사님, 만약 제가 죽으면 그것은 음모입니다… 제가 죽은 것이 그 증거입니다. 제 아내에게 꼭 좀 전해 주십시오…

저는 무죄하고… 이제 이 나라가 곧 적화통일이 됩니다. 그
러면 우리는 모두 끝입니다.”

　키가 훌쩍했던 젊은 지훈이 휘적휘적 교도소 운동장을 걸
어 나가던 모습이 눈에 아른거렸다. 그것이 강철이 본 지훈
의 이 땅에서의 마지막 모습이었다. 강철의 바로 옆 목욕탕
에서 지훈은 죽었다. 그때 용덕이 그곳에 있었고, 그 13명은
모두 강철이 너무도 잘 알던 친구들이었다. 강철이 회한을
느끼는 것은 한 엘리트 젊은이가 아내와 어린 아들을 두고
억울하게 감옥 안에서 죽었고, 강철자신은 그것을 동조한
꼴이 되고 말았다는 사실이었다.
　지훈의 모습이 앞에 앉은 소년같이 여린 은경의 모습과 오
버랩 되어 강철은 물끄러미 은경을 쳐다보다 홍차를 천천히
들이켰다. 진한 레몬향이 차 맛을 좀 거슬렸다. 강철은 자신
의 입장을 명확히 해야 할 필요성을 느꼈다.
　“그런데 뭐가 문제죠?”
　은경은 뜻밖의 질문에 그 뜻을 잘 못 알아들었다는 듯 강
철을 쳐다보았다.
　“통일이 된다는데, 뭐가 문제냐는 말이죠?”
　“아, 네. 그것은 말하자면 적화통일이라는 거지요. 북이
60년 넘게 끈질기게 추구해온 대남전술전략이 완성된다는

말입니다.”

“요즘 세상에 그런 이념적 접근이 어디 있습니까? 북도 2009년 4월 개정된 헌법에서 공산주의를 삭제하지 않았나요?”

“문제는 하향평준화예요. 다시 말하자면 해적들에게 호화 유람선이 털리는 거나 마찬가지지요.”

“그게 정치 아닌가요?”

“……”

푸치니의 오페라 투란도트의 아리아 ‘들어봐요 왕자님’이 아름다운 소프라노로 들려왔다. 향긋한 스파게티 냄새가 홀 안에 흘렀다.

강철이 단도직입적으로 물었다.

“왜 이런 일을 하시죠?”

“무슨?”

“왜 이런 정치적인 일에 관여를 하세요?”

“아, 아까 말씀드렸는데… 저는 정외과 출신입니다. 그리고 작가이기도 하고요. 지금 대한민국에서 통일 문제만큼 중요한 문학적 마당이 어디 있을까요? 문제는 현실과 소설이 얽혀져 버렸다는 것이지만…”

은경은 또 웃었다.

강철은 은경이 웃음기를 머금는 것을 보고는 현재의 은경이 주변의 모든 상황을 모두 꿰고 있는 진짜 실력자이거나, 아니면 공포로 인한 공황상태이거나, 둘 중의 하나일거라고 생각했다. 하지만 강철은 전자이기를 믿고 싶었다.

"그러면, 은경씨는 어떤 입장이신지 묻고 싶은데요?"

"전 그런 거 없어요. 저는 작가일 뿐입니다."

"그런데 왜 아까 그 남자가 저에게 은경씨를 지키라고 했죠? 그건 완전한 협박이던데."

은경은 또 웃었다.

"그랬어요? 다행이네요. 강철씨 같은 분이 저를 지켜주신다면 저야 아주 안심이지요. 그런데 강철씨도 대학시절부터 유명하던데요? 골수 학생 운동권으로 알려졌었는데, 어느 날 갑자기 성직자의 길로 갔더군요."

"…………"

"그리고 교회 안에서도 뭘 했다면서요? 그리고 감옥행? 후후."

"지금 그런 일로 웃을 때가 아닌 것 같은데… 이제 뭘하죠? 아니, 뭘 할까요?"

강철은 생각이 들었다. 아마도 김은경이란 여자는 그런 사람인 것 같았다. 상대방을 끌어들이는 흡입력이 엄청나게 강한 여자. 강철은 은경을 다시 한 번 쳐다 보았다.

두 사람은 지금 장효식 기자를 찾아가는 중이었다.

지나가는 사람들과 어깨를 부딪치며 강철은 자신이 감옥에서 나왔다는 사실이 실감 났다.

갑자기 영화 '빠삐용'의 엔딩 씬이 생각났다. 천신만고 끝에 탈옥에 성공한 다 늙어버린 빠삐용이 도시의 사람들 틈에 섞여 걸어가고, 그 옆에 그의 죄명은 '인생을 허비한 죄'라는 마지막 자막이 떠 있었다.

"그들을 막아야겠어요."

느닷없는 말에 은경은 강철을 보았다.

"네?"

"모든 말이 사실이라면, 월화수계획이라는 거. 그들이 주도하게 해선 안 됩니다. 그들이 누구라도."

강철이 단호하게 말했다.

"왜요?"

"왜라니요? 그들은 적어도 칠천오백만 국민을 못 먹여 살립니다. 이천오백만도 못 먹여 살렸어요. 그들은 실행할 능력이 없습니다. 그들이 만약 무력이나 음모로 한반도를 장악한다 해도 그것은 결국 재앙이 될 것 입니다. 우리 모두에게."

강철은 며칠 사이 많은 생각을 한 듯 말했다.

지금의 강철은 더 이상 대학시절의 좌파학생이 아니었다. 그는 북의 주체정권에 실망했다. 결정적인 것은 김정은의 3대 세습에 의한 오류였다. 그것은 어떤 이유로도 설명이 안 되는 폭거였다.

장효식은 강철의 친구로 중고등학교 때부터 같이 어울린 사이였다. 그가 비록 지훈의 직계는 아니지만 대한일보 기자실 윗선으로 어느 정도는 지훈에 관한 정보를 얻을 수 있을 것이었다. 강철은 은경과 함께 광화문우체국 근처의 한 커피숍으로 들어갔다. 먼저 와 있던 효식이 손을 들었다.

"야, 이거 얼마만이냐, 너 나왔다는 소식은 들었다."

"그래? 면회도 한번 안 온 놈이 무슨…"

강철은 웃으며 효식과 악수를 나누며 은경을 소개하려하자, 두 사람은 이미 아는 사이인 듯 효식이 먼저 말을 걸었다.

"어, 김은경 작가님 아니십니까?"

"안녕하세요? 장 기자님."

은경이 웃으며 눈인사를 했다.

앉자마자 강철이 단도직입적으로 물었다.

"효식아, 너 박지훈 기자 알지?"

"누구? 박지훈이? 걔 감옥에서 죽은 애 말하는 거야?"

"응."

강철이 힐끗 은경을 보면서 대답했다.

"근데 왜?"

"장 기자님."

은경이 두 사람 사이에 끼어들었다.

"사실은 제가 지금 통일소설을 한 편 쓰고 있어요. 뭐 중요한 것을 좀 여쭤 보려고요."

"통일이요? 통일은 이제 물 건너갔습니다. 노무현 대통령 땐 그래도 뭐 좀 그림이 보이더니 이젠 끝났어요. 천안함이다, 연평도다, 몰라요?"

효식은 기다렸다는 듯이 명확하게 말을 했다. 은경은 순간 말이 막혔다. 이렇게 생각 없이 단언하는 사람과 상황이 사실은 제일 상대하기 어려운 일이었다.

"야, 누가 너보고 통일하래니?"

강철이 급하게 말을 받았다.

"그 지훈이 말이야 왜 죽었어?"

"자살이라며? 자살이라던데? 참, 너하고 혹시 징역에 같이 있지 않았냐? 동해 교도소?"

"그거 말고 너 뭐 좀 몰라? 걔에 대해서?"

"참, 안됐어. 그럴 애가 아닌데, 어쩌다가 그런 짓을 했냐?"

"그러게 말이야 불쌍해. 아내와 애는 어쩌고."

"죽은 거 말고 미성년자 강간한 거 말이야. 때가 어느 땐데…. 근데 넌 뭘 알고 싶은 거야?"

강철은 효식의 입에서 나올 말한 별다른 말은 없다는 것을 알았다.

"아니, 아무래도 미심쩍어서 뭔가가…"

강철이 빠져나갈 마무리를 하려는데, 효식이 은경에게 한마디 했다.

"김 작가님, 요새 말도 마십시오. 이젠 이 정부에 통일 전문가가 아예 없습니다. 아주 씨가 말랐어요. 옛날 국민, 참여정부 10년 동안 키워 놓은 통일요원들은 다 쫓겨나갔습니다. 아예 아주 이 나라를 다 떠나버렸어요. 통일문제는 요새 우리도 각 잡고 차렷입니다. 전부 강성만 엉덩이 붙이고 앉아 있습니다. 이러다 진짜 전쟁이라도 나는 건 아닌지 모르겠습니다."

"그래요?"

"김 작가님, 통일 한번 멋있게 소설에서라도 제대로 해보십시오. 속 시원하게. 전쟁 없이."

은경은 웃었다. 은경도 효식에게서 별로 얻을 게 없다고 생각하는 모양이었다. 월화수계획에 관하여 효식은 아무것도 모르는 것처럼 보였다.

"효식아 언제 한번 밥이나 같이 먹자."

"얘기 끝난 거야? 아, 김 작가님 저 강철이 조심하세요. 순엉터리 목사예요. 거기다 총각입니다."

"야, 난 아직 목사 아니다."

강철은 웃으며 생각했다. 그렇다면 지훈의 신문사에서도 지훈의 취재는 은밀한 것이었다는 얘기가 된다. 어떻게 말단 기자가 그런 은밀한 극비사항을 취재할 수가 있었을까? 강철은 갑자기 이 모든 얘기들이 찌라시 수준의 가십일수도 있다는 생각이 들었다. 효식이 무엇이든 강철에게 숨길 사람은 아니었기 때문이었다. 효식은 그래도 신문사의 고급정보에 가까이 갈만한 위치에 있는 사람이었다.

강철은 은경과 함께 커피숍을 나오면서 이제 모든 것을 처음부터 강철 자신의 눈으로 다시 봐야겠다고 생각했다.

강철은 양평으로 가고 있었다. 아버지 이문수 목사를 만나러 가는 길이었다. 강철은 언제나 중요한 일을 앞두고는 꼭 아버지 이문수 목사를 보아야 했다. 강철에게 아버지는 마치 이정표와 같았다. 강철은 누이 영순과 함께 어린 시절부터 아버지를 떠나 서울의 고모 손에서 자랐다. 어머니는 일찍 병으로 세상을 떠나셨고 아버지 이문수 목사는 유명산 기슭 한적한 시골에서 40년 가까이 목회를 해오고 있었다. 그래도 강철은 인생의 고비 마다 마치 의례와 같이 이 길을 갔다. 양수리를 지나 남한강을 끼고 올라가는 이 길은 강철에겐 지혜를 찾는 길이었고, 또한 용기를 얻는 길이었다.

"밥은 먹었냐?"

"아버님 요새는 교회들이 힘들지요?"

"여기 같은 곳은 아니야. 서울의 몇몇 큰 교회만 그래."

"이런 덴 올 사람도, 할 사람도 없어, 고생이니까. 나 같은 늙은이도 환영이야. 뭘 해도 아무도 욕심 부린다는 사람 없어. 최고의 선교지야. 한국에도 아직은 땅 끝이 많아."

"아버님도 여기 오실 땐 젊은이였잖아요?"

"하하하, 그랬나? 하기야 널 보면 나도 많이 늙었지. 근데 여기 왜 왔어?"

"그냥요… 아버님 얼굴 보고 싶어 왔지요."

"뭔데? 빨리 말해. 네 얼굴에 다 씌어 있어."

강철은 웃었다.

"아버님, 통일이 뭐라고 생각하세요?"

"통일?"

"네."

"같이 사는 거야. 왔다 갔다 하면서 그렇게 사는 거지. 옛날부터 그랬으니까… 그건 이유나 말이 필요 없어. 사람들이 '통일'이라는 단어를 쓰고부터 그것은 '통일'이라는 관념이 되어버렸지. 그것은 관념이 아니라 그냥 같이 사는 거야. 싸워도 피만 흘리지 않으면 돼. 지지고 볶고 사는 게 사는 거니까. 별거 아냐. 그것을 겁내서도 안 돼.”

강철은 조용히 창밖을 오랫동안 내다보았다.

교회의 사택 창밖으로 길게 난 오솔길이 골짜기 사이로 꺾이어 사라졌다. 어린 시절 누나 영순과 항상 뛰어놀던 추억이 있는 곳이었다. 몇 십 년이 지났지만 여전히 그 모습이다. 강철은 아버지 이문수 목사를 물끄러미 쳐다보았다. 항상 닮고 싶은 강철의 꿈같은 아버지였다. 언제나 조용하고 재미가 있었다.

“……아버님, 이제 올라갈게요.”

“왜? …벌써?”

“다 얻었어요. 알고 싶었던 것들이요.”

“그래? 거 참 간단하구나. 그럼 잘 가거라.”

강철은 양수리를 끼고 마치 옛날의 청계천 고가도로처럼 쭉 뻗은 강변 하이웨이를 달렸다. 서울까지의 이 길은 세계에서 가장 아름다운 길이라 늘 생각했다. 그런데 어린 시절 청계천 고가도로를 처음 보았을 때도 강철은 같은 생각을 했었다. 세계에서 가장 멋있는 길이라고…

이 길은 물안개라도 끼면 너무도 강렬해서 그대로 안개 속으로 핸들을 꺾어 들고 싶은 유혹적인 길이었다. 어린 시절 기차를 타고 연꽃 밭을 지나던 양평역까지의 여행은 항상 들뜬 길이었다. 어머니와 아버님이 언제나 웃으며 기다리시던 곳, 그곳은 시골의 예배당이었다.

"……옛날부터 그랬으니까."

아버지 이문수 목사의 이 말 한마디가 지금 강철의 모든 것에 답을 주었다. 통일의 당위성은 말이 필요 없는 것, 원래부터 우리는 왔다 갔다 하며 같이 살아왔으니까, 우리는 늘 그랬던 것처럼 같이 사는 것, 그것이 통일인 것, 하지만 피를 흘려서는 안 되는 것…

강철은 성직자의 길을 결심하면서 세상의 일은 다 잊었었다. 그러나 이제 강철은 돌아가서 당장 자신이 맞닥뜨린 – 자신의 의지와는 상관없이 자신의 생활 속으로 들어와 버린 – 문제들을 해결할 열쇠를 다시 얻은 것 같았다. 강철은 엑셀을 밟았다. 빨리 은경을 만나고 싶었다. 이제 적극적으로 지훈과 은경이 벌여놓은 문제에 부딪힐 마음을 정하고 나니 갑자기 다급해졌다. 2012년이면 지금부터 열 달도 남지 않았다.

오늘도 니미츠급 미 항공모함 칼 빈슨호가 일본 오키나와를 거쳐 부산에 들렀다는 소식에 북한의 신경질적인 논평들이 나오고 있었다. 얼마 전에는 아예 서해까지 미 항모들이 진을 치기도 했었다. 강철은 핸드폰으로 은경에게 연락을 했다.

"강철씨?"

전화기 안에서 은경의 밝고 힘 있는 목소리가 친근감 있게 전해져 왔다.

"빨리 좀 만나죠. 저 지금 워커힐 막 지나고 있습니다. 양평에 갔다 강변북로 타고 시내로 들어가려고요."

"아, 지금은 제가 좀 다른 일을 해야 하고요. 내일 만나죠. 강철씨가 꼭 만나야 할 사람도 있어요. 내일."

강철은 은경이 역시 당찬 여자라고 여기며 엑셀을 더 세게 밟았다. 통일이라는 막중한 명제 앞에서도 은경은 또박또박 자신의 일을 하고 있는 사람처럼 보였다. 강철은 최소한 은경을 지훈처럼 죽게 놔둘 수는 없다고 생각했다.

오랜만에 한강의 정취를 마음껏 느끼며 강철은 역시 대한민국의 1년은 다른 나라의 10년이라는 말이 실감 났다. 1년 반 만인데도 눈에 낯설 정도로 한강의 주변 라인은 달라져 있었다.

3. 실체 없는 추격자

2011년 3월 22일 화요일

인사동은 오늘도 역시 붐볐다. 1년 전보다 눈에 띄게 외국인들이 늘었다. 특히 지난 3월 11일 오후 2시 46분 일본에서 일어난 진도 9의 강진으로 수만 명의 사상자가 난 상황 끝이라 더 해 보였다.

강철은 골목골목을 지나 한 외진 찻집으로 들어갔다. 세상이 다 변해도 이런 식당들은 변하지 말았으면 했다. 이미 피맛골은 없어졌다. 유명했던 해장국 집이나 낙지볶음 집, 녹두빈대떡 집들이 모두 말끔한 빌딩의 한 모퉁이에 분식센터처럼 자리를 잡았다. 오륙십년의 연륜이 말끔히 하얗게 페

인트칠 되어버렸다.

지금 북은 어떨까? 다시 남북이 만나 같이 살면 어디가 더 불편할까? 어디가 더 망가졌을까?

"처음 뵙겠습니다."

"이강철입니다."

"김선호입니다."

살이 통통하게 올라 인상이 좋아 보이는 50대 초반의 남자가 일어나며 세련되게 인사를 했다. 은경이 소개를 했다.

"강철씨, 얼마 전에 한국으로 들어오신 김 선생님이세요. 노르웨이 주재 북한 대사님이셨어요."

"네?"

강철은 놀랐다. 매스컴을 통해 전혀 듣지 못했던 생소한 이름이었기 때문이었다.

"공개적으로 행동하지 못하셨어요. 상황이 급박하기도 했고요."

은경이 부연설명을 했다.

"네. 여러 가지로 지금 이 한반도의 상황이 급박합니다."

김선호가 진지한 표정으로 거들었다. 그러나 얼핏 스치는 표정 속에 뭔가 절박함이 배어나오는 것이 일국의 대사를 지낸 사람치고는 격이 떨어져 보여, 현재 북한의 위상이 어느 정도인가를 느끼게 해 주었다.

"언제 나오셨죠?"

"한 넉 달 됐습니다."

"그런데 이렇게 저 같은 일반인들을 자유롭게 만나고 다녀도 괜찮은가 보죠?"

"강철씨, 요즘은 옛날과 달라서, 뭐… 정보의 과잉이랄까. 그런 걱정들 안 해요."

은경이 웃으며 대신 말해 주었다.

"은경씨, 오늘 주제가 뭐죠?"

생각보다 거물과의 만남이 조금은 부담스러운 강철이 약간은 빈정대는 투로 말했다. 너무 깊이, 너무 빨리 말려들어가는 것 같아 적잖게 당황스러웠던 것이다. 분위기를 감으로 느낀 김선호가 말을 바로 받았다.

"지금 북은 이미 완전 혁명 상황입니다. 지금 김정일은 명목상으로만 지도자입니다. 실제상황입니다. 벌써 권력은 다 넘어갔습니다. 김정은은 말할 것도 없습니다. 지금은 김정은과 김정남 등, 그 일가의 목숨을 살리기 위한 쇼일 뿐 입니다."

"그럼 도대체 누가 그 실력자란 말인가요?"

"그 사람이 누구죠?"

강철과 은경이 동시에 물었다. 은경도 아직은 그 정체를 모르는 것 같이 보였다.

"그의 정체는 누구도 모릅니다. 단지 그 암호명이 '천지'란 것만 알 뿐입니다."

은경의 얼굴이 순간 하얗게 변했다. 바로 죽은 박지훈이 알아냈던 것이 바로 이것이 아니었던가. '천지'라는 암호명. 어쩌면 지훈은 더 이상을 알았을 지도 몰랐다. 은경은 강철과 눈이 마주쳤다.

"지금, 사실 북의 모든 중요한 지시는 '천지'라는 암호로 하달됩니다."

"얼마나 됐죠?"

은경이 뭔가를 확인해 보려는 듯 김선호에게 물었다.

"이미 4년 전 쯤 부터입니다."

"4년이요?"

강철이 놀라는 은경의 눈을 맞추려 하자 은경은 강철의 눈길을 피했다.

"그럼 월화수계획은 언제부터이지요?"

"바로 그 월화수계획이 '천지'의 작품입니다. 강성대국 원년을 2012년으로 잡은 것도 바로 그 '천지'입니다. 그때부터 김정일은 허수아비입니다. 김정일의 현재 병도 '천지'가 김정일에게 독을 썼다는 소문이 권력 상부에선 은밀히 돕니다. 어쨌거나 지금 북에선 모든 지시가 '천지'라는 암호명을 가진 베일의 인물에 의해서 하달되고 있는 것만은 사실입니다."

지금 이 이야기는 은경도 처음 듣는 얘기인 듯 굉장히 놀라고 있는 것 같았다. 강철은 뭔가가 은밀하게 계획적으로 진행되어 왔다는 사실을 확인하고 있었다.

"월화수계획이라는 이름도 사실은 월화수목금통일계획이 진짜 이름입니다. 그냥 사람들이 대충 넘겨짚어 부르는 말이 월화수계획일 뿐입니다. 그것은 말 그대로 적화통일계획입니다."

"그런데 선생님은 지금 왜 그것을 반대하고 있나요?"

"반대하는 것이 아닙니다. 단지 남한 인민들에게 속고 있다는 사실을 알려드리는 것 뿐 입니다."

"왜요?"

은경이 날카롭게 물었다.

"그 '천지'의 정체를 우리도 아직 모르기 때문입니다."

"우리라니요?"

"나 같은 현재 북의 엘리트 그룹이라고 자처 하는 사람들입니다. '천지'의 노선이 불명확합니다. 앞으로 어떤 그림을 그릴 지 확신이 없습니다. 단지 엄청난 음모가인 것만은 확실합니다. 그리고 그 추종자그룹이 엄청난데도 누구인지를 우리도 서로 서로가 모릅니다."

"……"

지금 김선호의 입에서는 엄청난 얘기들이 쏟아져 나오고

있는 중이었다. 미처 은경도 예상치 못했던 상황인 듯 그녀의 눈이 반짝였다. 은경은 빠르게 김선호가 하는 모든 말들을 메모하고 있었다.

"그리고 지금 남에서도 명확한 제5열이 있습니다. 엄청나게 많습니다. 여러분들은 상상도 못할 정도입니다. 지금 북에서 내려온 직접 탈출자만도 2만이 넘습니다. 그들이 어떤 자들인지는 북에 있는 우리도 잘 모릅니다."

"지금 남을 흔들려는 의도이신가요?"

강철이 참았다는 듯이 한마디 했다.

"아닙니다. 사실을 말하고 있을 뿐입니다."

"지금 하신 말씀을 남쪽 당국에도 얘기 하셨나요?"

"네. 했습니다. 명확하고 자세하게."

"그런데요?"

"아무도 인정하려 하지 않았습니다."

"아니, 왜요?"

"자신들의 정보와 너무 다르다는 것입니다."

김선호는 쓴웃음을 지으며 말을 이었다.

"사실 저의 망명을 북의 제 친구들도 어느 정도는 사전에 알고 있었습니다. 전부가 다 북의 현재 권력 최상부들입니다. 그들도 저와 같은 생각입니다. 남쪽의 여러분들에게 '천지'의 실체를 알려야 한다는 것이지요."

"그래서 바로 저 같은 소설가를 택하신 건가요? 제가 소설로 써주기를 바란다는 뜻에서요? 그래서 저에게 연락을 넣으신 건가요?"

은경은 여러 가지 표정을 한 얼굴에 지으며 김선호를 쳐다보았다.

강철 역시 왜 자신을 이런 자리에 불러내어 이런 이야기를 해주는 지 알 수가 없었다. 아직 은경도 모르던 사실들을 그는 왜 자신이 있는 자리에서 굳이 말하는 걸까.

"대사님, 저를 아십니까?"

김선호는 대사라는 호칭에 의미심장한 표정을 지으며 강철을 쳐다 보았다.

"네. 이강철씨, 김은경 작가님에게 얘기 들어서 알고 있습니다. 목사님이시라고요."

"아직 목사는 아닙니다."

"이 선생님은 학창시절부터 사상성이 좋다는 소문도 들었습니다."

"오해이십니다. 저는 지금 한 성직자 지망생일 뿐입니다."

은경이 강철을 보고 웃었다. 이번엔 강철이 외면을 했다.

"이 선생님, 북에서 남과 통일이 되면 옛날부터 걱정하는 것이 둘이 있는데 그것이 무엇인지 아십니까?"

"……?"

"그것은 부동산 업자들과 교회입니다."

"네?"

의외인 듯 은경이 되물었다.

"북조선 구석구석까지 부동산 업자들이 들어와 투기바람을 일으키면 인민들 다 망합니다. 다 사기당하고 다 쪽박 찰 겁니다. 또 하나는 교회입니다. 이거 역시 지금 남한에서처럼 골목골목 들어와 흔들기 시작하면 진짜 인민들 다 바꿔버릴 겁니다. 전투력과 사상성을 없앤다 이 말입니다. 이 두 가지를 북에서는 제일 겁을 냅니다. 그래서 목사인 이 선생이 남쪽 교회 사람들에게 얘기해서 지금 북의 강성대국 놀음에 놀아나지 않도록 설득을 좀 해주십사 하는 것입니다."

"설득을 해요? 제게 북을 이롭게 해달라고요?"

"아까 말한 강성대국놀음은 남조선에서 말하는 적화통일 그 자체입니다. '천지'야말로 앞으로 한반도에 어떤 재앙을 불러올 지 아무도 모릅니다. 그러므로 절대 남쪽 교회에서는 북의 강성대국 놀음에 놀아나지 말아 달라 이 말입니다."

강철은 김선호의 말과 논리가 애매하여 그 진의를 알려면 좀 더 생각을 해봐야겠다는 생각을 했다.

인사동을 돌아 나오면서 강철은 은경에게 잠시 같이 있자고 말을 했다. 일이 이상하게 꼬여가고 있지 않는가. 지훈이 죽은 이유가 '천지'의 실체를 안 것 때문이었다. 이제 은경과 자신은 '천지'를 알았다. 김선호는 작심을 하고 강철과 은경에게 '천지'에 대하여 말했다. 그것도 아주 적대적으로. 또한 강철과 은경에게 '천지'에 대항해 줄 것을 단도직입적으로 부탁도 했다.

지훈의 죽음이 타살이라면 자신과 은경의 안위도 이젠 위험해졌다는 분명한 뜻이 된다.

다시 한 번 낮고 굵었던 그 남자의 목소리가 귀에 울리는 듯 했다.

"징역살이 끝난 지 며칠 안됐지요? 그냥 조용히 지내세요. 밖의 공기 고마운 줄 아시고요. 앞에 여자 분도 지키셔야지요. 기억하십시오."

어째 감옥 밖이 감옥 안보다 더 감옥 같았다. 강철은 아직도 차가운 3월의 뿌연 하늘을 올려 보았다. 잿빛이었다.

"차 어디에 두셨어요?"

"오늘은 안가지고 왔어요."

"그럼 우리 좀 걸을까요?"

은경은 강철을 보고 고개를 끄덕였다.

두 사람은 인사동 길을 걸어 나왔다.

"집이 어디세요?"

강철이 은경에게 멋쩍게 물었다.

"저는 지금 신촌에 있어요. 이대 뒤 쪽 신촌동이요."

"아, 네, 옛날에 그 동네 자주 다녔는데, 친구들이 그쪽에 많이들 있어서…"

"……?"

"저도 어렸을 땐 아현동 살았었는데… 고모님 댁이 거기였거든요. 누나랑 거기서 살았어요."

강철은 묻지도 않은 말을 어색하게 하며 신호가 바뀌기를 기다렸다. 탑골공원 서문을 옆에 끼고 종로2가 네거리에 선 두 사람은 잠시 말을 끊었다. 잠시 후 강철이 입을 열었다.

"……우리 지금 서로 많이 얽힌 것 알죠?"

"그러네요."

은경이 마치 남의 얘기를 하는 것처럼 말을 받았다.

"이제 어쩌실 거지요?"

강철은 상황이 자꾸 이상하게 흘러가고 있는 것이 난감하다는 듯이 물었다. 은경이 머리칼을 쓸어 넘기며 옷깃을 여몄다.

"은경씨나 저나 이런 일에 무슨 의미가 있지요?"

"……."

"미안한 얘기지만 우리는 주요인물이 아니지 않나요?"

은경은 천천히 걸으면서 듣기만 했다. 강철이 요즘 몇 번

봤던 은경의 모습이 아니었다. 은경도 사실은 강철의 생각을 통해서 자신의 행동을 결정할 뜻이 있는 듯 보였다.

"이건 국가적인 일입니다. 국가적인 차원에서 접근하고 방향을 잡아 나갈 일인 것 같은데…"

은경이 심사숙고를 한 후 말했다.

"……그런데 강철씨, 사실은 우리가 그냥 평범한 사람들은 아닌 것 같은데. 나름대로는 작지만 영향력을 가진 사람들 아닌가요? 이 나라의 한 구성원으로서 바로 우리 둘의 직접적인 애기이기도 하지 않나요?"

강철은 은경의 갑작스런 정색에 걸음을 멈췄다. 어느새 청계천을 가로질러 명동성당까지 와 있었다. 수많은 선배 동료들이 조국과 민중과 예술과 자유를 위해서 피를 흘렸던 곳이었다. 두 사람은 잠깐 섰다.

사실 국민의 정부 이후 피 흘려 싸울 일이 없어진 듯 보이는 곳이 바로 지금의 이 나라였다. 강철이 종교의 피안에서 안식을 취할 수 있을 만큼 여유가 있었던 곳, 대한민국. 그러나 바로 조금 전의 은경의 한마디는 강철의 피를 다시 돌게 하고 있었다.

"강철씨. 나에게는 문학의 자유, 표현의 자유, 사상의 자유가 없는 세상은 곧 죽음이에요. 글 쓰는 일이 나의 직업이니까요. 통일된 나의 조국이 그런 먹먹한 곳이 된다면 그것은 곧 나의 개인적 절망입니다. 나의 문제이지만요. 그것이 곧 말마따나 내년, 2012년이라면. 만에 하나라도 그들의 말이 사실이라면, 지금 이 순간 그것을 막을 수 있는 기회가 있다면, 그리고 지금 이 나라에서 나만이 이 사실을 알고 있다면, 어찌 제가 가만히 있을 수 있을까요?"

강철은 가만히 은경의 얼굴을 쳐다보았다. 얼굴에서 뜨거운 결의가 묻어나고 있었다.

"강철씨도 누구보다 뜨거운 피를 가지고 있지 않나요? 아까 그 김선호 대사가 인정할 정도로."

"거… 참…"

강철은 자꾸 이상한 일에 자신이 말려들어가고 있다는 생각을 지울 수가 없었다. 느낌이 이상했다. 그렇게 큰 일이 벌어지고 있다는데도 너무 조용하고, 또한 남쪽에서도 다 알고 있다고 하면서도 너무 무시하고 있지 않는가. 게다가 나서서 뭘 안다고 하는 자들은 지훈이나 은경처럼 너무 사이즈가 작고… 그러나 지훈의 죽음이나 김선호 대사의 등장이나 모르는 사내의 협박 등을 보면 전혀 터무니없는 말 같지도 않고…

"어찌됐든, 은경씨 당분간 저와 함께 행동을 좀 해야겠어요. 오늘은 늦었고 조만간 오민석 교수를 좀 만납시다."

"북한대학교의 오민석 교수요?"

“네. 상황을 좀 물어봐야겠어요. 지금 한국 주류는 어떻게
가고 있는 지를. 저와 같이 가실 수 있는 거죠?”
“네, 그래야겠죠.”
“……”

4. 암호명 '천지'

2011년 4월 5일 화요일

"오 교수, 월화수목금통일계획이라고 알아?"

강철이 대학동창인 민석에게 바로 물었다. 민석은 웃으며
은경을 향해 눈을 맞추고 건성으로 대답했다.

"응. 월화수계획이라는거?"

"그래."

"들어는 봤지. 근데…"

"근데, 뭐?"

"그거 시중에 도는 헛소문이야."

"헛소문?"

강철은 어이없는 표정으로 은경을 보았다.

"2012년에 적화통일 된다는 얘기지?"

"그래."

"적화통일은 무슨? 애들도 웃어. 때가 어느 땐데."

민석은 거침없이 말을 이었다. 이 얘기에 대하여 사전에 많은 토론과 나름대로의 논리정돈이 있었던 듯 했다.

"김 작가님, 혹시 그런 거 가지고 글 쓰시는 거 아니죠?"

민석의 도발적 질문에 은경의 미간이 잠시 찌푸려졌다 바로 다시 웃는 얼굴로 돌아왔다. 강철은 놓치지 않고 은경의 그런 표정을 보았다.

"그래요. 요즘 그쪽 글을 쓰고 있습니다."

은경은 한껏 격식을 차린 단어로 대답 했다.

"근데 김 작가님… 저희 1년 선배시죠? 인사가 늦었습니다. 쓰신 작품들 지금도 잘 읽고 있습니다. 저 여기 강철이하곤 대학 친구입니다. 학교 다닐 때 엄청 싸웠죠. 아, 토론을 말하는 겁니다. 오해하지 마세요."

강철이 웃었다.

"근데, 앤 지금 통일을 팔아서 먹고 삽니다. 하하하!"

강철이 뭔지 모를 날카로운 분위기를 깨려는 듯 헛웃음을 했다.

"야, 그래도 하나님 팔아 먹고사는 것 보단 낫지. 나라를 바꾸는 것보다 종교를 바꾸는 것이 백배는 더 힘들걸요? 요즘 세상에 무슨 운동하다 감옥에 가는 건 그쪽밖에 없어요. 하하하. 얘가 아주 돌았다니까요."

은경은 오랜만에 날선 느낌의 운동가들을 보는 것 같아 신선한 힘을 얻는 듯 했다. 사실 요즘 은경의 주위엔 온통 낭만적 자연주의자들, 영적 시스템이론가들, 그리고 부루쥬아적 페미니스트들뿐이었다. 은경이 통일 소설을 쓰고자 했던 이유도 이런 주변에 함몰되어가는 자신이 싫었기 때문이었다. 은경은 언제부턴가 동력을 잃어가고 있는 자신을 느꼈었다.

"근데 김 작가님은 대학시절에 우리 운동 쪽 하곤 거리를 두셨던 것으로 기억하는데… 누구더라… 연애하셨던 남자친구가 … 아, 박경태. …국문과 94학번. 그 친구하고 결혼하셨었죠? 갠낸 집안이 대단한 부자였죠, 아마…? 이혼도 하셨고요."

"야, 민석아…"

강철이 어색하게 가로막았다.

은경이 담담하게 웃었다.

"맞습니다. 그랬지요. 그 사람 덕분에 저도 글이라는 걸 써서 요즘엔 돈도 좀 법니다."

분위기가 이상하게 흘러가자 은경이 불편한 듯 자리에서 일어나며 가방을 들었다. 강철이 어이없어 하면서 민석을 나무랐다.

"야, 너 오민석이 너…"

간단히 인사하고 나가는 은경의 뒤를 멋쩍게 따라 나가는 강철의 등에 대고 민석이 소리쳤다.

"전화할게!"

중학교 윤리선생님이었던 아버지의 엄격한 훈육 아래 자랐던 은경은 말 그대로 모범생이었다. 정말 바른생활 아가씨였던 것이다. 어린 시절부터 친구들의 사회참여 운동을 먼발치에서 지켜만 보고 지냈었다. 그런 일은 자신과는 전혀 상관이 없는 일로 알고 자랐다. 말 그대로 온실 속의 화초였다.

역시 같은 부류의 경태와 결혼하여 시를 쓰고 여행을 하고 책을 보면서 살았다. 그것은 행복이었다. 은경은 대학교수인 경태의 권유로 소설 ≪하늘과 바다와 산, 그리고…≫를 썼고, 그것이 공전의 히트를 하여 인기소설가라는 이름도 얻게 되었다. 그리고 이혼을 했고, 지금의 이 자리에 서 있다.

은경은 항상 그런 의미에서 뭔가 모를 빚 같은 것이 있었다. 주변 친구들이 모두 최류탄 가스를 맡을 때 은경은 경태와 문학 여행을 하며 지냈다. 누구에겐가 뭔지는 모르지만 빚을 진 것 같은 느낌, 그것은 은경에겐 괜한 열등감이었다. 그런데 오늘 오민석이 그것을 너무도 정확하게 짚어주었다.

너무도 정확하게.

"괜찮아요?"

강철이 조심스레 물었다.

"괜찮아요."

은경이 아무 일 없다는 듯 시동을 걸었다. 그리고 강철을 향해 웃어주었다.

"다 사실이에요. 저에 대하여는 대한민국 사람들이 다 알지요."

"………"

"이름으로 밥벌어먹는 사람들이 내는 밥값이라고 생각합니다."

은경은 쿨 했다. 강철은 이런 은경의 모습에서 묘한 신뢰감을 느꼈다. 사실 지금 둘의 관계에선 무엇보다도 신뢰가 제일 중요했다.

"이제 어디로 갈까요?"

은경은 고속도로에서 서울 쪽으로 올라타면서 물었다. 강철은 웃었다.

"서울인가 본데요?"

"…훗."

은경도 따라 웃었다.

“야, 너는 지금 영화 찍냐? 북악 스카이웨이 팔각정이 뭐냐? 촌스럽게.”

강철은 민석에게 웃으며 투정 아닌 투정을 했다. 그제 그렇게 은경과 헤어지고 난 후 바로 민석에게서 연락이 와 이곳 북악스카이웨이에서의 만남이 이루어 진 것이었다.

“하하, 너 징역살고 나온 거 축하도 할 겸, 촌티 좀 냈다. 왜?”

“무슨 일인데? ……참! 너 그때 김은경 작가에게 무슨 그런 실수를 했어? 무례하게. 너 달라졌더라?”

강철이 생각이 난 듯 정색을 하고 핀잔을 주었다.

“미안해. 그럴 일이 있는 거야.”

“무슨?”

“요새 김 작가가 월화수계획 취재하고 다니는 거 이쪽 동네에 소문 다 났어. 너 박지훈 기자 죽은 거 알지?”

강철은 깜짝 놀랐다.

“민석이 니가 박지훈이를 알아?”

“알지. 아, 너하고는 같은 감옥에 있었겠구나?”

“네가 그것도 안단 말이야?”

민석이 웃었다.

“강철아, 한반도 상황이 지금 장난이 아냐. 상황이 소설도 아니고 신문가십도 아냐. 철없는 소설가나 애송이 신문기자가 나설 상황이 아니라고. 네가 어떻게 해서 김 작가와 내게 오게 된 것까지도 다 알아."

강철은 순간, 이미 예견은 했지만 생각보다 크고 가까이에 벽이 있음을 알았다.

"왜 오늘 네가 날 만나자고 했지?"

강철이 물었다.

"응. 해 줄 말이 있어."

민석은 잠시 말을 끊고 밖을 보았다. 멀리 남산 타워를 중심으로 서울 시내가 마치 시골 읍내마냥 한 눈에 들어왔다.

민석이 갑자기 생각난 듯 물었다.

"야, 옛날에 저기 정릉 쪽에서 올라오다보면 왜 바로 무슨 수영장 같은 거 있었던 기억나니?"

강철도 웃으며 말을 받았다.

"그래…거 뭐였더라… 우리 가끔 갔던 거 같은데…"

"강철아. 너 박정희 대통령의 통일 로드맵이 뭐였는지 기억나니?"

민석이 갑자기 말을 끊었다.

강철은 물끄러미 민석을 보며 말했다.

"그때 박정희 대통령과 김일성 주석이 합의한 7.4 남북공동성명의 조국통일3원칙이 바로 자주, 평화, 민족적대단결이었지."

"맞아. 그리고 박정희 대통령의 통일 구상이 바로 '선 평화 공존 이후 남북총선거에 의한 통일'이었어. 평화상태가 이루어지면 바로 남북총선거야. 이것이 박 대통령의 그 당시 구상이었고, 김 주석도 그것을 알고 있었어. 김 주석은 그때 그 제안을 받지 않았고 겉으로는 남북연방제를 주장했지만 바로 남북총선거에 대비하기 시작했던 거야."

강철은 갑자기 머릿속이 하얘졌다.

"그날 이후로 남과 북 사이엔 지금까지 총과 대포의 전쟁이 아니라, 진짜는 표 전쟁이 이미 첨예하게 벌어지고 있었어. 40년 동안… 장난 아냐."

민석은 잠시 말을 끊었다가 차를 한잔 마시고 계속했다.

"강철아, 잘 들어. 이것이 진짜야. 통일한국은 7,500만 명이야. 7,500만 명의 50%는 3,750만 명이고… 선거에서 북이 이기려면 북쪽의 100%인 2,500만 명에다가 남쪽의 25%인 1,250만 명을 가져와서 3,750만 명을 만들어야 해. 그러면 선거에서 북이 이기고 북쪽으로 통일이 되는 거야."

"그렇지."

"대신, 선거에서 남이 이기려면 북에서 한 표도 못 가져 온다고 가정하고 남쪽 5,000만 명의 75%인 3,750만 명을 확보해야 되지. 그러면 선거에서 남이 이기고 남쪽으로 통일이 되는 거야."

강철은 깊은 생각 속에 빠졌다가 조용히 중얼거렸다.

"음… 문제는… 북에서는 북쪽 2,500만 명의 100%를 확보해야 하는 것과 남에서 25%를 가져오는 것이 열쇠겠군."

"맞아. 그것이 바로 북이 주민통제를 했던 정책의 핵심이었어. 100%의 표를 위해 단속했던 거야. 지금까지도 북은 그 전쟁이야. 생존이 걸린 절박한 그들의 전쟁이란 말이야."

"그리고 대남 통일전선전략이 바로 그 남쪽 5,000만 명의 25%인 1,250만 명의 확보군."

"맞아. 1972년 7월 4일 남북공동성명 40주년이 바로 내년, 2012년 7월 4일이야. 그들은 지난 40년을 바로 이 싸움을 한 거였어."

"남쪽에선 북의 100% 표인 2,500만 명을 깨는 것이 바로 줄기찬 북의 개혁개방 요구였고."

"그래야 북의 표를 하나라도 가져올 수가 있기 때문이었지."

"지금은 어떤 상태야?"

그때 갑자기 어디선가 민석에게 전화가 왔다.

민석이 정색을 하고 강철에게 양해를 구하며 일어섰다.

"강철아 미안하다. 급한 일이 생겼다. 이제 일어나자."

"그러지."

각자 헤어져 북악스카이웨이를 내려오는 양길은 추억이

많은 길이었다. 민석은 아리랑 고개길을 따라서 성북동 쪽으로 내려갔고, 강철은 부암동 쪽으로 해서 효자동으로 내려왔다. 갑자기 은경에 대하여 연민의 생각이 들었다. 핸드폰을 열었다.

"은경씨. 저 강철입니다."

"………네."

"지금 어디세요?"

"집이예요. 감기기운이 좀 있어서…"

수화기 저쪽에서 은경의 목소리가 들렸다. 왠지 힘이 없어 보였다.

"은경씨 지금 좀 만나죠. 식사 안하셨으면 제가 근처 석란으로 가겠습니다."

이대 후문 쪽으로 나와 길 건너 연대 치대 쪽의 한정식 집 석란은 은경의 집에서 바로 걸어서 나올 수 있는 거리였다.

"……네. 잠시만 기다리세요."

은경이 나지막한 목소리로 답했다.

조용한 정원이 보이는 큰 창가에 자리 잡은 두 사람은 서로 마주 보고 앉았다. 잘 정돈 된 정원이 참 아름다웠다.

"가끔 아버님이 서울에 오시면 누님과 함께 식사하던 곳입니다."

강철은 묻지도 않은 말을 하며 은경을 보았다. 파스텔 톤의 단아한 원피스에 카디건을 걸쳐 입은 은경이 창밖을 보고 있다가 강철 쪽으로 고개를 돌렸다. 많이 아픈 듯 열이 있어보였다.

"괜히 나오시라 했나 봐요. 괜찮아요?"

"네. 괜찮아요. 마침 뭐 좀 맛있는 것이 먹고 싶었어요. 고마운데요?"

은경이 웃었다. 두 사람은 마치 오래된 연인들처럼 보였다.

"은경씨, 만약에 지금 당장 남북총선거가 치러진다면 그 결과가 어떻게 될 것 같아요?"

"남북총선거요? 당연히 대한민국이 이기죠. 그런데 왜요?"

"남북총선거가 바로 월화수계획으로 알려진 월화수목금 통일계획이었습니다."

"뭐라고요? 남북총선거가요?"

"그렇습니다. 지금 남쪽 당국에서도 다 알고 있어요."

"네에? 그랬단 말이에요?"

은경은 정신이 확 드는 모양이었다.

"그럼 북에서 그걸 하잔다는 거예요? 지금?"

"네."

"그들은 40년을 준비해왔습니다."

“40년이요?”

“남과 북이 모두 40년을 준비하고 기다려 왔습니다.”

“언제부터요?”

“박정희 대통령과 김일성 주석의 7.4 남북공동성명 이후
로요.”

“……?”

“7.4 남북공동성명이 바로 통일 3원칙입니다. 통일을 할
때 자주, 평화, 민족대단결, 그 세 가지 원칙을 바탕으로 박
정희 대통령은 남북자유총선거를 통한 통일을 계획했던 것
입니다. 김일성 주석은 남북연방제를 내세웠고요. 그러나 그
날 이후 북은 내부적으로는 남북총선거를 준비해 왔습니다.
40년을요.”

“그걸 어떻게 알았어요?”

“지금 막 오민석을 만나고 오는 길입니다. 오민석도 이런
내용을 누구보다도 잘 알고 있었습니다.”

“오 교수 말 하는 거예요?”

“네. 오민석 교수.”

은경은 적잖게 당황했다. 엊그제 봤던 민석은 전혀 다른
모습이었기 때문이었다.

“그럼 그때 왜 그렇게 말했지요?”

“아마도 은경씨가 위험해질까 염려해서 그런 것 같습니다.”

강철은 은경을 위해서 약간 돌려 말했다.

"바로 내년, 2012년이 그 40주년입니다."

"아니, 북이 질줄 알면서 결과가 뻔한 그런 선거를 하려고 한다고요?"

"아니, 그렇지 않습니다. 북은 이제 그 승산이 있다고 보는 것 같습니다."

"어떻게요?"

"그것을 이제 부터 우리가 알아내야 합니다."

"우리가요?"

"네. 우리가 그들의 계획을 구체적으로 알아서 막아야 합니다."

"아니, 그렇다면 그건 당국의 전문가들이 해야 하는 거 아네요?"

이번엔 은경이 난감해 했다. 선거라면 그건 완전 정치가 아닌가.

"네. 하지만 우리가 더 효율적일 수 있습니다. 은경씨와 제가요."

강철은 오히려 담담하게 말했다. 은경은 막상 강철의 이런 얘기를 듣고는 갑자기 가슴이 먹먹해졌다. 이제 자신도 너무 깊이 이 사건에 들어와 버린 것을 피부로 느꼈기 때문이었다. 이건 장난이 아니었다. 원고지 속의 픽션이 아닌 실제

상황이었다.

뭔가 아련한 느낌이 들었다. 강철을 만나기 전에는 전혀 없었던 느낌이었다. 오히려 대학시절 외면했던 사회적 빚에 대한 갚음으로 여겨 결연한 강단이 솟아나고 있었다. 처음 글을 쓰기 시작할 때에는 통일문제에 대한 국민적 상기 정도로 생각했으나, 막상 시작하니 현실적 동시진행의 사건들과 얽혔고 여기까지 오게 된 것이었다.

"그리고… 막아야 합니다."

강철이 조용히, 그러나 힘 있게 말했다.

은경은 강철을 천천히 오랫동안 쳐다보았다. 옛날 남편 경태의 얼굴이 그 위에 오버랩 되었다. 그는 시와 여행을 사랑했었다.

5. 남북 총선거에 대비하라.

어제 전 청와대 비서관 이영일씨 도봉산에서 의문의 추락사!

사회면 톱으로 오른 기사를 읽으며 강철은 불길한 생각이
들었다. 이영일은 친구 창일의 형이었던 것이다. 그때 효식에
게서 전화가 왔다.

"신문 봤어?"

효식이 다짜고짜 물었다.

"지금 보고 있는 중이야."

"어떻게 생각해?"

"왜?"

"뭐 집히는 거 없어?"

"창일이의 형 맞지? 옛날에 북한 특사일행에 동행했던 실무 책임자. 김대중 대통령 때 정통 북쪽 라인, 그지?"

이창일은 대학 운동권 때 강철과 효식의 친구였다.

"맞아. 뭔가 냄새가 나. 영일이 형 요새 사실 잠수 탔었어."

"뭐라고?"

"행방불명이었었다니까."

"네가 그걸 어떻게 알아?"

"창일이를 얼마 전에 만났었어. 대수롭지 않게 여겼지. 그냥 잠수 탄 줄 알았어."

"그럼 타살이라고 생각하는 거야?"

"모르겠어. 근데, 냄새가 나."

"창일이는 뭐래?"

"걘 사고나 자살로 안 봐. 자기 형이 요새 뭔가 엄청난 고민을 하고 있었대. 그러다가 아무에게도 말하지 않고 사라진 거야. 그리고는 어제 도봉산에서 발견 된 거지."

"뭐라고? 그럼 사고나 자살이 아니란 말이야?"

"영일이 형은 생전 등산 같은 거 안했대. 더군다나 도봉산엔 한 번도 간 적 없댔어."

강철은 뭔가 효식이 숨기고 있는 것을 느꼈다.

"……효식아. 너 나에게 말하지 않는 거 있지?"

"그게 무슨 소리야?"

"말해봐. 숨기는 게 뭐냐?"

"강철아 만나자. 지금 바로."

"그럼 삼청공원으로 올라와. 나도 지금 올라갈게. 거기 옛날 후문 매점 앞 벤치에서 보자."

삼청공원 후문 쪽 매점은 이미 없어지고 깨끗이 단장되었다. 강철은 옛날 생각이 났다. 학창시절 광화문에서 아이들 만나면 이곳 삼청공원으로 들어와서 여러 계획들과 대처방안들을 논의 하곤 했었다. 그리곤 삼청터널을 타고 바로 성북동으로 해서 삼선교, 미아리로 해서 외곽으로 빠지거나 고대 쪽으로 가서 그 쪽 팀들과 합류하곤 했었다.

먼저 온 효식이 후문에 있는 작은 다리 건너 한적한 벤치에 앉아있다가 강철을 보더니 손을 흔들었다. 강철이 자리를 잡자 효식이 바로 요점을 말했다.

"요새 의문사, 사고사, 실종사건 같은 일들이 계속 일어나고 있어."

"……?"

"사실 박지훈 기자 사건도 우리 신문사에선 자살로 안 봐."

강철은 갑작스런 효식의 입장변화에 깜짝 놀랐다.

"효식아. 박 기자는 타살이야. 내가 분명히 알아. 박 기자

는 죽기 바로 전날 나에게 자신이 만약 죽으면 음모라고 분
명히 말했어. 그리고 다음날 죽은 거야. 자신의 아내에게 자
신의 무죄를 말해 달라고도 했고, 곧 이 나라가 적화통일이
된다고 했어. 자신은 그것을 취재하다가 함정에 빠져 감옥
에 왔다고 했고. 또 북한은 지금 김정일이 아닌 다른 사람이
실질적 통치자라고 했어. 그 적화통일의 시기가 2012년이라
고 했고.”

　강철이 단숨에 말하자 효식이 차분한 목소리로 대답했다.

　“강철아, 사실은 다 맞는 얘기야. 우리 신문사에서도 지금
그 사실을 극비리에 취재하고 있었어. 그러다가 지훈이가 죽
은 거야.”

　효식이 잠시 말을 끊었다.

　“그런데 지금 그런 사건이 여러 곳에서 계속 일어나고 있
다는 말이야. 그런 사건들 속에서 하나의 공통점은 그들 모
두가 통일 전문가이거나 월화수계획을 알고 파고드는 사람
들이라는 말이야. 한국에서만이 아니야. 며칠 전엔 일본에
서도 유학중이던 국민의 정부시절 통일 전문가가 의문사 했
고, 멀리 스페인에서도 참여정부 당시 통일 비서관이 온가족
과 함께 실종됐어.”

　강철은 순간 소름이 돋았다. 자신이 염려했던 일들이 이미
한국 뿐만 아니라 세계 곳곳에서 일어나고 있었던 것이다.

"그런데 문제는 여기만 그런 것이 아니야."

"그러면?"

"지금 북에서도 의문의 자살, 병사, 사고사들이 이어지고 있다는 정보야. 전부 김정일 위원장 주변 권력 핵심들이야. 북한 최고 핵심요직인 노동당 조직지도부 차리철 제1부부장이 작년에 의문의 교통사고로 죽었고, 그 뒤를 이어 들어간 강대현 제1부부장도 얼마전 간암으로 죽었어. 두 달 전엔 또 다른 조직지도부 제1부부장인 최판수 부부장이 교통사고로 사망했어."

강철은 얼마 전 만났던 김선호 대사가 떠올랐다.

"지금 북의 실권자는 '천지'로 알려진 베일의 인물입니다. 그 막강한 배후는 우리도 서로서로 모릅니다. 그런데 정작 '천지'의 성향을 알 수 없는 것이 문제입니다. 조국의 미래를 전혀 예측할 수가 없는 것이 위기란 말입니다."

"그럼 누군가가 지금 남과 북에서 동시에 사람들을 제거하고 있다는 거야?"

"그렇게 볼 수밖에 없는 정황이 곳곳에서 나와. 그것도 피해자는 전부 기존의 통일 전문가들로 알려진 사람들이야."

걱정스런 표정으로 효식이 덧붙였다.

"그런 면에선 그전에 너와 함께 온 김은경 작가도 위험해. 너도 마찬가지야. 나 역시도 그렇고."

효식은 심각하게 말했다.

"강철아, 영일이 형하고 지훈이는 벌써 죽었어…"

강철은 지금 자신의 주변에서 이 모든 일들이 벌어지고 있다는 사실이 솔직히 부담스럽고 당황스러웠다.

"도대체 뭐야? 문제의 핵심이 모호해. 효식아, 지금 너희 신문사에선 어떤 기조야? 또 현재 어디까지 이 내용에 접근해 있어? 월화수계획이 남북총선거인 것은 알아?"

"너무 큰 문제야. 그 폭발성이 가히 상상을 초월해. 그리고 만약 이 사실들이 개봉되면 그 결과를 예측하기가 어려워. 상황이 어떻게 흘러갈지… 아무도 몰라."

"너는 승산이 어느 쪽에 있다고 보는 거야?"

"현재로선, 또 상식적으로는, 그것이 만약 남북 자유 총선거라면 북이 이길 가능성은 제로야."

"그런데 왜 북에선 2012년이 통일 원년이라고 하는 거야? 그것이 강성대국 원년이라는 거 아냐? 그들로선 무언가 믿는 구석이 있고 승산이 있다는 거 아닐까?"

"우리로선 황당하지만 그것이 사실이라면 그 이유를 이제 우리가 알아야 해. 지훈이도 그걸 취재하고 있었던 거야. 월화수계획의 핵심을."

"월화수계획이 아니고 월화수목금통일계획이 진짜 프로
젝트 이름이야."

강철이 바로잡아 주며 말했다.

"지훈이는 뭔가를 알아낸 것이 확실했어. 죽기 바로 전날
나에게 분명하고도 확실하게 적화통일이 된다고 말했단 말
이야. 박 기자는 그걸 알아낸 거고 그러다가 누구에겐가 죽
은 거야."

"그것은 바로 박 기자가 알아낸 사실을 누군가는 알려지
기를 원치 않는다는 뜻이야. 누군가는."

"그 누군가가 누구냐가 문제지. 어느 쪽일까?"

효식은 아직 거기까지는 모르는 듯 했다. 강철이 스스로
에게 확답하듯 조용히 말했다.

"그가 바로 '천지'야."

강철은 아무래도 최현규 목사를 좀 만나봐야 할 것 같았
다. 한국기독교연합회 사회, 통일 담당 총무인 40대 중반의
최 목사는 강철의 신학교 선배였다. 전화를 했다.

"선배님, 저 강철입니다."

"아, 이 간사가 어쩐 일로?"

최 목사는 아직도 강철을 간사라고 부르고 있었다.

"안녕하세요?"

"그래 잘 지내나? 출소했다는 소식은 들었네."

"네… 덕분에 잘 쉬다 왔습니다."

"하하하! 그래 우리는 거기가 기도원이야. 그렇지?"

"네. 공부 많이 했습니다."

"그래 이제 이 간사도 머리 올린거야. 징역살이야 우리 선배들에게는 전부 지나가는 코스였어. 근데, 아버님은 잘 계시나?"

"네. 며칠 전에 가 뵈었습니다."

"그래 아버님이야말로 우리 모두의 진짜 선배님이야. 강철인 복 받은 사람이라고."

"네, 감사합니다."

"근데 무슨 일이야? 내게 전화를 다하고."

"선배님, 좀 뵈어야겠습니다."

"전화론 안 되고?"

"네. 제가 사무실로 찾아뵙겠습니다."

"그래? 그럼 3시쯤 와."

광화문 새문안 교회 앞에 있는 청하빌딩 7층 사무실에서 강철을 맞은 최현규 목사는 키가 180센티가 넘고 몸집이 우람한 사람으로 젊은 시절엔 유명한 유도선수로 알려진 호남형의 인물이었다.

"어서 와."

"바쁘신데, 뭐 좀 물어 볼까 하고요."

"뭐?"

강철은 바로 본론을 말했다.

"혹시 월화수계획이라는 얘기 들어보신 적 있으세요?"

순간 최 목사의 얼굴에 놀라는 표정이 잠시 스쳐 지나가며 이내 굳은 얼굴로 강철을 마주 쳐다보았다.

"이 간사가 어디서 그런 얘길 들었어?"

"감옥에 있을 때 젊은 대한일보 기자가 저와 함께 있었습니다. 거기서 죽었는데, 죽기 전날 제게 한 이야기였습니다."

"박지훈 기자는 자살한 걸로 아는데."

"박 기자를 아십니까?"

"그래, 뉴스에도 났지, 아마…"

최 목사는 말을 흐렸다.

"선배님. 월화수계획을 아십니까?"

다시 강철은 같은 얘기를 물었다. 최 목사는 잠시 생각을 정리하는 듯 했다.

"이 간사, 자넨 크리스천이지?"

강철은 뜬금없는 최 목사의 질문에 잠시 그를 쳐다보았다.

"그리고 자넨 성직자의 길을 가고 있지?"

그제서야 강철은 어색한 웃음을 지으며 대답을 했다.

“네.”

“그럼 지금 한국교회의 첫번째 사명은 뭐라고 생각하나?”

“………?”

“어떤 사람들은 교회개혁이나, 도덕성회복, 세계선교, 빈민구제라고 하지만, 사실은 한국교회의 첫번째 사명은 통일일세.”

“………?”

“아닌가?”

“…맞습니다.”

“현재 한국교회 중심에서 진행되고 있는 가장 큰 프로젝트도 사실은 통일준비야.”

최 목사의 말 속에는 오히려 월화수계획을 넘어서는 무언가가 느껴졌다.

“강철이 자넨 앞으로 한국교회를 이끌어갈 최고의 인재중 한 사람일세.”

“과찬이십니다.”

“아니야. 내 말 잘 들어. 지금 자넨 통일 논리를 세상의 화법으로 말해서는 안 되네. 보는 관점, 접근하는 논리가 모두 교회의 시각으로 봐야 한다는 말이야.”

“선배님. 그 둘이 서로 다릅니까?”

“달라. 교회의 눈은 사랑이야. 명확하고 간단하게 사랑.

그뿐일세."

최 목사의 눈이 순간 반짝였다.

"사실 월화수계획이라는 얘기 들어는 봤네. 요즘 남북 양쪽에서 흘러나오는 공공연한 비밀이야. 그러나 아주 은밀하고 조심스러운 비밀일세. 마치 럭비공 같은 비밀. 서로 누구도 감히 말하지 못하는 비밀 말일세."

"선배님은 그것을 뭐라고 알고 계십니까?"

"내가 들은 월화수계획은 현재 대한민국의 야당총연합, 곧 야당, 진보, 반 한나라당세력을 모두 대통합하여 결국 통일을 이룬다는 계획으로 알고 있네. 요즘 민주국민대봉기, 야당대통합, 진보 대연합, MB반대연합같은 것들이 모두 이 월화수계획 안에 다 있는 걸로 얘길 들었네."

순간 강철은 뒷머리를 망치로 한 대 얻어맞은 것 과도 같은 충격을 느꼈다. 최현규 목사는 월화수계획을 이렇게 알고 있는 것이었다.

월화수계획의 비밀은 이것이었다. 북에서 그리 믿고 있는 통일 동력이 바로 남쪽 야당과의 대통합, 곧 남쪽 25%의 확보였던 것이었다. 그리고 그 때가 온 것으로 판단한 것이 바로 '2012년 강성대국 원년선포'였던 것이었다.

그렇다면 그것은 2012년 4월 총선이다. 그것이 더 미룰 수 없는 마지노선이었던, 바로 김정일 위원장의 생명 한계선이었던 것이었다. 그렇다면 '천지'는 대체 누구일까?

강철은 여기까지 생각이 미치자 다시 눈앞이 흐려졌다.

"그럼, 선배님 그 월화수계획의 주체가 누구입니까?"

"그보다 지금 자넨 어디까지 알고 얘길 하는 건가?"

최현규 목사가 갑자기 궁금해진 듯 강철에게 되물었다.

"선배님 저는 지금 출옥한 지 몇 달밖에 안됐습니다. 아는 게 별로 없습니다. 단지 제 주변에서 이상한 사건들이 계속 일어나고 있어서 궁금할 뿐입니다."

강철은 한 걸음 물러나며 다시 물었다.

"그럼 선배님 그 월화수계획이라는 걸 누가 세웠을까요?"

"글세, 나는 거기까진 자세히 모르겠고… 그것이 분명히 존재하는 무슨 문서인지도 확실치 않아. 만약 그것이 있다면, 그냥 이심전심 자기들 끼리 서로 통하는 것은 아닐까? 아뭏튼 그런 얘길 들어본 건 사실이네."

최 목사도 여기서 더 깊이 들어가길 꺼려하는 듯 한걸음 물러섰다.

"선배님 현재 한국교회도 월화수계획에 연관이 되어 있습니까?"

최 목사는 잠시 깊은 생각에 빠지는 듯 했다.

"글세… 교회까지 그러면 안 되지."

"………"

"교회는 단지 교회로 있어야 하는 거 아닌가?"

최 목사는 의미있게 웃으며 강철에게 반문했다.

"선배님 그것 자체가 이미 정치적으로 입장정리가 끝났다는 얘긴가요?"

"하하하, 그렇게 되나? 아무튼 강철군. 정신 똑바로 차리고 앞으로의 조국을 잘 바라보게나. 엄청난 일들이 벌어질 것이야. 그리고 그곳에서 무엇을 할 것인가를 찾게. 그것이 자네 같은 후배들이 해야 할 일일세."

강철은 더 이상 얻을 것이 없다고 여겼다. 그러나 최 목사의 말 속에서 뭔가 상상보다 더 큰 일이 벌어지고 있음을 짐작 할 수는 있었다. 강철은 정중하게 인사를 하고 방을 나왔다. 진한 커피향이 몸에 배어 나왔다.

하늘이 푸르고 맑았다. 광화문 광장의 분수도 물을 뿜고 있었다. 벌써 여름이 한 가운데 와 있었다. 강철은 예전에 감옥에 있을 때 처럼 하늘을 오래 쳐다보았다. 아무래도 동해 쪽의 하늘 색깔은 아니었다.

가끔씩 문득 문득 감옥생각이 났다. 무기징역 살고 있는 학태는 지금 어떻게 되었을까? 간암은 어떻게 진행되었을까? 진호는 아직 5년 반이나 남았는데… 용덕이, 두산이… 다 보고 싶었다. 그때 장 기자에게서 전화가 왔다.

"아, 나야, 효식아."

강철은 반갑게 전화를 받았다. 안 그래도 최 목사를 만난 후 물어 볼 것이 있어 연락하려던 참이었다. 효식이 다급하게 말했다.

"강철아, 또 사고다. 네가 관심 있을 거 같아 연락했어."

"뭔데?"

"이번엔 일본이야. 또 실종 사고야."

"뭐?"

"이번에도 국민의 정부 북한담당 실력자야. 사라졌어. 스페인에선 얼마 전 참여정부 쪽 사람이 온 가족과 사라졌는데, 이번엔 혼자야. 저번에 영일이 형도 이렇게 사라졌다가 20일 후에 도봉산에서 시체로 발견된 거였어. 지금 일본 경찰이 전력으로 찾고 있지만 오리무중이야. 행방이 묘연해."

강철은 다시 또 생각의 길을 잃었다.

도대체 누구인가…? 왜인가?

아무리 생각해 보아도 누구도 통일이론가나 과거 실무자들을 죽일 이유가 없어 보였다. 더구나 월화수계획과 관련된 것이라면 더욱 그랬다.

강철이 주변사람들을 만나 보니 월화수계획이 특별한 비밀도 아닌 듯 했다. 오히려 거의 공론화된 은밀한 명제일 뿐이었다. 그런데 왜 계속 죽고 실종되는 사람들이 나오고 있을까.

"강철아 너 일본에 좀 다녀와라."

효식의 갑작스런 말에 강철은 정신이 번쩍 들었다.

"뭐라고…?"

"그 실종자의 마지막 행적지가 교회야. 그 사람의 이름은 최훈열이고 전 선하대학 교수였어. 골수 김대중 계열이었고, 역시 북한 전문가. 국민의 정부시절 북한 비선라인의 실무 실력자. 나이는 현재 58세. 일본 도쿄대 교환교수로 재임중 군마껭 오타시 한국인 교회에서 마지막으로 목격 후 실종. 현재 40일째."

강철은 가슴이 뛰었다. 벌써 흥분하고 있는 자신을 발견하고 속으로 놀랐다.

"어때? 이만하면 네가 좀 다녀와야 할 것 같지 않아?"

"알았어. 내가 다녀와야겠다."

사실 강철은 아직까지도 스스로 자신이 어떻게 처신을 할지에 대하여 분명한 확신이 없었다. 무엇보다도 현실의 인식 자체에 확신이 없었던 것이다. 명확한 상대의 실체가 없다는 점이 문제였다. 모두가 확실한 것 같으면서도 막연한 추론에 의지하고 있었다.

이제 시간이 별로 없다. 벌써 2011년도 가을로 접어들고 있다. 2012년까지라면 몇 달도 남지 않았다. 만약 죽은 박지훈 기자의 말이 맞다면 강철은 월화수계획을 분명코 막아야 한다. 그것은 교회의 사랑과는 다른 개념이었다.

강철은 일본이 아니라 어디까지 가서라도 막아야 한다고 생각했다. 그러나 현재 자신이 만나본 모든 사람들은 하나같이 모두가 모호하게 처신하는 듯 보였다. 마치 기회주의자인 것처럼. 강철은 일본에 가기로 마음을 굳혔다.

문득 강철은 한동안 못 만났던 은경을 오늘은 좀 만나야겠다고 생각했다. 그동안 서로 연락만 하고 보지는 못했다. 은경은 계속 저술을 하여 이제는 거의 탈고 직전에 와 있다고 했다. 은경의 소설 제목은 ≪통일 프로젝트≫였다. 강철은 은경에게 전화를 걸었다.

"은경씨, 오늘 좀 뵙죠."

은경은 흔쾌히 명동에서 만나자고 했다.

6. 일본에서의 실종사건

"아, 오늘 마침 이쪽에서 약속이 좀 있었어요."

청바지 차림에 시원한 색깔의 티셔츠를 걸쳐 입은 은경이 강철의 맞은편에 언제나처럼 큰 모션으로 앉았다. 이럴 때의 은경의 모습이 강철은 제일 은경답다고 생각했다.

"은경씨 아무래도 일본에 좀 다녀와야겠어요."

"일본에요?"

"네."

"누가요?"

"제가요."

"아, 그러세요?"

은경은 바로 자신이 관여할 부분은 아니라는 듯이 말을

받았다.

"어떤 일로요?"

은경은 지나가는 듯한 말투로 물었다.

"또 일본에서 실종사건이 있었어요. 이번에도 역시 국민의 정부시절 통일 전문가입니다. 선하대 최훈열 교수라고 아실지 모르겠네요. 일본 도쿄대 교환교수로 현재 재직 중인데 실종 40일째입니다. 일본경찰이 수사 중이고 행방이 묘연합니다."

은경의 얼굴이 갑자기 심각해졌다.

"그런데 왜 강철씨가 간다는 거죠?"

"파악된 마지막 행선지가 일본의 한 시골에 있는 한국인 교회입니다."

"시골 어디요?"

"일본 군마껭에 있는 오타시입니다."

은경이 놀라며 잠깐 생각하더니 단호하게 말했다.

"…강철씨 거기라면 저와 같이 가요."

"네?"

강철은 의외였다.

"제가 거기를 잘 알아요. 대학 다닐 때 그곳 바로 옆에 있는 구마가야란 곳에서 잠시 공부한 적이 있어요."

"그래요?"

“그보다는 저도 역시 궁금해요. 제 책에서도 꼭 필요한 부분이에요 아마도 해 보다는 득이 더 많을 거예요. 제가 약속하죠.”

은경은 입장을 정한 듯 당연하게 말했다.

“어쩜 위험할지도 몰라요. 지금 연속된 사망사건과 실종사건 조사차 가는 거예요.”

강철이 정색을 했다.

“알고 있어요. 그러니까 제가 같이 가자는 거예요. 아무래도 외국에서는 여자랑 같이 있으면 덜 위험해요. 신분보장도 되고요. 그리고 일본은 제가 좀 알아요. 더군다나 그곳이라면 아마 아직도 저를 기억하는 친구들이 좀 있을 거예요.”

그때 강철의 전화벨이 울렸다.

강철은 누군가와 통화를 간단히 하고는 은경에게 말했다.

“은경씨 장효식 기자가 자기도 동행하자는 데요?”

“누구? 대한일보 장효식 기자요?”

“네.”

“그래요…?”

은경은 약간 어색한 듯 말했다.

“할 수 없죠. 같이 가면 도움이 될 거예요. 저는 좋아요.”

“네. 저도 좋습니다.”

두 사람은 바로 의견 통합을 이루었다.

"아, 이거 한 살 어린 총각이랑 오붓하게 데이트 좀 하나 했더니 영 하늘이 안 도와 주시네요."

은경이 웃으며 일어섰다.

"네 앞으로 현금카드 하나 만들어 채워놨으니 사용 해."

"고마워"

강철은 누나 영순에게 인사를 하고 차에서 내렸다.

"잘 다녀와"

영순은 강철의 뒤에 대고 인사를 하고는 차를 급하게 몰고 공항을 빠져나갔다. 명동에서 꽤 큰 쥬얼리 샵을 하고 있는 영순은 강철의 든든한 후견인이었다. 그녀는 언제나 어디서나 아무것도 묻지 않고 항상 강철을 믿어주었다.

강철은 내리자마자 하늘을 한번 올려보고는 가방을 고쳐 매었다. 저쪽에서 먼저 온 효식이 쳐다보고 있었다. 강철은 고갯짓으로 아는 척을 한번 해주고는 그에게로 갔다.

"혼자 온 거야?"

"그럼 혼자지, 뭐."

"김 작가는?"

"잘 모르겠는데."

"그래? 들어가자."

둘은 출국장으로 에스컬레이터를 타고 올라갔다. 저 위쪽에서 은경이 눈인사를 했다. 언제나처럼 역시 김은경답게 갸름한 몸매에 헐렁한 웃옷에 청바지를 입고 약간은 허세를 부리듯이 서있었다.

세 사람은 간단하게 인사를 하고 탑승을 했다.

창밖으로 멀리 후지 산이 보였다. 효식의 옆자리에 앉은 강철은 저쪽에 따로 떨어져 앉은 은경에게 눈웃음을 지어보이며 효식에게 말했다.

"넌 정식출장이야, 아님, 개인 휴가야?"

"정식출장이야. 지금 우리 회사에도 비상이 걸렸어. 기자 한사람이 죽었잖아. 전부 달려들어서 은밀하게 그 배후를 캐고 있어."

"그래?"

"아무래도 생각보다 덩어리가 큰 거 같아."

효식이 긴장된 표정으로 말했다.

"그럼 특종 하나 잡아."

강철은 효식을 쳐다보며 웃어 주었다.

나리타의 하늘은 뿌옇게 흐렸다.

입국장을 빠져나오자마자 은경은 익숙하게 승용차를 한 대 렌트했다.

“오타로 바로 갈까요? 도쿄에 들렸다 갈까요?”

은경이 공항을 빠져나와 고속도로로 들어가며 강철에게 물었다.

“도쿄 우에노에 있는 저희 교단 교회에 잠시 들려서 상황 설명을 좀 듣고 협조도 받아야 합니다.”

“저도 우리 회사 특파원과 도쿄에서 먼저 좀 만나고 가야 합니다. 취재협조도 요청해야 하고, 일본경시청에도 협조요청을 해야 합니다. 현재 수사가 진행 중인 사건이라…”

효식도 도쿄에 들렸다 가자고 했다.

“든든한데요. 프로들하고 다니니까.”

은경이 한마디 하며 기분 좋게 엑셀을 밟았다.

우에노의 밤은 어수선했다.

모든 일정을 다음날로 미루고 세 사람은 저녁 식사 후 작은 일본식 이자카야에 모였다. 유창한 일본어로 오사케와 간단한 안주를 주문하는 은경을 옆의 한 일본인이 힐끗거리며 쳐다봤다.

“일본생활이 몸에 익으시네요.”

효식이 은경을 보며 예의를 차려 말했다.

“네. 학창 시절 이곳에서 공부한 적이 있어요.”

“효식아, 내일 계획은 어떻게 돼?”

"응. 나는 내일 하루 비워야 겠어. 우리 쪽 사람들 만나고,
서울하고도 연락 하고, 대사관에도 좀 가봐야 하고 해야 할
것 같은데."

"강철씨는요?"

"네. 저도 여기 교회 선배님들 좀 만나야 할 것 같습니다.
은경씨는요?"

"저요?"

은경은 웃으며 잔을 들이켰다.

"강철씨나 따라 다니죠, 뭐. 그래도 되죠?"

"저야 좋죠."

세계 어디에나 뒷골목의 밤은 다 비슷하다. 하루를 끝낸
월급쟁이들과 지루한 하루를 보내고 있는 사람들, 그나마
하루가 없는 사람들이 뒤엉켜 회포를 푼다. 어수선하기는 다
마찬가지다. 잔이 몇 순배 돌자 효식과 은경은 안주만 먹고
있는 강철을 나무랐다.

"참, 강철씬 신학교에 왜 갔어요?"

뜬금없이 은경이 강철에게 시비를 걸었다.

"저요?"

강철이 당황한 듯 그냥 웃자 효식이 대신 말을 받았다.

"쟤네 아버지가 목사님이잖아요?"

"아무리 그렇다고 앞날이 창창한 물리학도가 갑자기 생을

포기해요?”

은경이 농담반 진담반으로 말했다.

“그냥…”

강철이 시큰둥하게 말하자 은경은 심심한 듯 갑자기 엉뚱한 제안을 했다.

“우리 통일게임 한 번 할까요? 통일은 해야 한다, 1번. 안 해야 한다, 2번. 해도 그만 안 해도 그만이다, 3번!”

“또 있어야지요.”

효식이 말을 붙였다.

“이따가 한다가 4번, 오케이?”

“난 3번, 해도 그만 안 해도 그만.”

효식이 농담같이 따라 말하고 강철을 쳐다보았다.

“……난 1번, 해야 한다.”

“왜?”

“원래 하나였으니까.”

강철은 아버지 이 목사를 생각했다.

“은경씨는요?”

효식이 물었다.

“전 4번, 이따가 한다.”

“왜요? 의외인데요?”

강철이 정색을 했다.

“이따가… 하면 저절로 남쪽으로 통일이 되니까요. 그냥 가만히 있기만 해도 한반도는 자유민주주의로 통일이 되지요.”

“그래요?”

“그럼요!”

은경은 확신에 찬 음성으로 말했다.

“북한은 현재 그런 형국이에요. 바둑에서 축으로 몰린 거죠. 끝까지 가봐야 끝이 이미 보여요. 아웃!”

은경은 작정한 듯 입을 열었다.

“북한은 남쪽은 대한민국, 서쪽은 황해 산동 반도 끝에서 목이 잡히고 결국 제주해협에서 끝. 동쪽은 태평양으로 나가봐야 일본 땅만 구경하다 결국 대한해협에서 끝. 북쪽은 중국, 러시아지만 가봐야 그게 그거.”

“……?”

“거기에다, 대한민국과 미국, 일본, 유엔에선 지금 북한이 밖으로 나가는 길목은 모두 막고 중국을 통해 겨우 죽지 않고 연명할 정도로만 지원… 결국 너희들끼리 3대 세습을 하든, 4대 세습을 하든, 굶어 죽든, 너희 북쪽 땅 덩어리 안에서만 뭐든지 해라. 단, 그 밖으로는 한발자국도 나오지 마라. 이거지요. 그러면 결국 시간이 지나면 김정일 위원장이 죽고, 대한민국과 미국의 적극적인 방조와 개입 아래 가난한

공화국의 스물여덟살 청년 지도자 김정은이 틈을 보이고…
그리고… 자멸. 결국 조선민주주의인민공화국은 끝나는거
죠. 그러면 가만히 앉아서 접수. 상황 끝!"

　은경은 숨도 안 쉬고 한 호흡으로 여기까지 쭉 말하고는
오사케를 한잔 들이켰다.

　"어때요? 이것이 제가 본 북한의 미래입니다. 현재 남쪽과
미국이 쓰고 있는 방식이기도 하지요."

　효식이 말을 받았다.

　"거기에 중국이 계속 링거를 꽂고 영양제를 죽지 않을 만
큼만 주고는 현상 유지. 그러면 중국과 미국, 일본 사이에 완
충지대 조성. 현재 전쟁 없이 자유롭게 경제성장만 누리고
있는 중국에는 절호의 기회 계속 제공."

　강철이 정색을 하고 한마디 거들었다.

　"그사이 조선민주주의인민공화국은 지구촌 최대 극빈국
으로 전락, 그 상태 유지, 2,500만 인민들의 고통…"

　강철은 잠시 두 사람을 둘러 본 후 계속했다.

　"북한의 중국화, 그리고 중국의 강력한 현상유지 욕구, 계
속적인 발전과 대국화. 이를 보는 미국의 위기감 고조. 일본
의 무기력감. 대한민국의 경제성장 및 위상 강화. 상황의 반
전을 노리는 미국과 일본의 계속된 어필. 그리고 액션. 김정
일 국방위원장의 개인적 절박함."

"그것이 지금 모두 모여 한 지점에서 폭발을 준비하고 있음. 현재, 이 순간!"

효식이 마침표를 찍었다.

"그것이 바로 월화수목금통일계획으로 정립!"

"김정일 위원장의 마지막 카드?"

은경이 말을 받았고, 강철이 손뼉을 쳤다.

"아니. 김정일 위원장이 아니고, 누군지는 모르지만 '천지'라는 사람."

효식이 말을 고쳤다.

베테랑 현역 기자, 대한민국 최고의 인기 작가, 천재 물리학도였던 목사 지망생, 이제 세 사람은 현 상황의 인식에 대한 관점의 일치를 보았다. 내친김에 강철이 말을 이었다.

"통일을 원하는 국가는?"

"없다."

은경이 바로 말을 받자 효식이 말을 이었다.

"그러나 미국과 일본은 '할 수도 있다'로 바뀌고 있다."

은경이 다시 거기에 붙였다.

"중국의 양보를 압박하는 카드로 현재 사용 중."

"절대 통일은 아무도 모르게 갑자기 해야만 가능함."

강철이 갑자기 큰 소리로 말했다. 효식과 은경이 놀라 그를 쳐다보았다. 강철은 말을 계속했다.

"그래야 북은 2,500만 표를 지키고, 남은 중국의 방해를 막을 수 있고…"

"그러니까 북은 빨리 해야 되고, 남은 천천히 북을 열어놓고 하는 것이 유리한데…"

효식이 끼어들었다.

"천천히 가자니 중국이 들어오고, 빨리 가자니 북에 남이 열리고… 음… 남의 딜레마로군. 대한민국의 결단이 필요한 부분."

"그건 결단이 아니고 계산. 수 싸움."

은경이 말했다.

"어쨌거나 통일은 시간 싸움. 갑자기, 빠를수록 유리함. 그래야 미국과 일본에도 칼자루를 안 뺏기고…"

효식이 여기까지 이야기하고 웃었다.

"…근데 재밌네. 이 게임."

강철도 재미있는 듯 따라 웃었다.

"김정일 국방위원장의 마지막 도박이네!"

이제야 확실히 알겠다는 듯 은경이 소리쳤다.

"그것이 바로 월화수목금통일계획이었어!"

효식이 나지막하게 말했다.

"그것은 바로…"

강철은 충격적인 얼굴로 조용히 말을 끊었다. 그러자 효식과 은경이 숨을 죽이고 강철을 쳐다봤다.

"…어느날 갑자기 …사전에 어떤 정보도 없이 …김정일 위원장이 남쪽에 남북자유총선거를 전격적으로 제안하는 것이야. 그리고 무조건 통일을 선언하는 거지. 허를 찌르는것. 이것이 바로 월화수목금통일계획의 핵심이었던 거야!"

세 사람은 서로 마주 보았다. 세 사람 모두 놀라움을 감추지 못했다. 이제 서서히 월화수계획의 실체에 다가가고 있음을 셋은 모두 감지했다.

"……그렇지만 말도 안 돼. 김정일 위원장이 미치지 않고서야 무슨 승산이 있다고…"

은경이 나지막한 목소리로 혼잣말처럼 말했다.

"남쪽에 제5열이 있으면 가능할 수도 있지…"

강철이 말을 받았다.

"그게 '천지'야?"

"무슨…? 말도 안 돼."

은경이 효식의 말을 막으며 웃었다.

우에노의 밤은 그렇게 깊어갔다. 지금 도쿄 뒷골목의 조그마한 선술집에서는 한반도의 놀라운 비밀들이 세 젊은이들을 통해 하나하나 밝혀지고 있었다. 강철은 시간이 너무 급박하다고 생각했다. 그는 조급했다.

7. 월북

"목사님, 안녕하십니까? 이강철이라고 합니다."

"응, 그래요, 최현규 목사님에게서 연락받았어요. 앉으세요."

우에노 한국인교회의 성남준 목사는 반갑게 강철과 은경을 맞으며 자리를 청했다. 60은 넘은 듯한 지긋한 모습이었다.

"아버님이 이문수 목사님이시라고 들었어요."

"네."

"반가와요. 제가 참 존경하는 목사님이세요. 어린 시절 잘 보살펴주시던 큰형님이셨죠."

성남준 목사는 환하게 웃었다. 평생을 목회자로 산 사람에게서 나올 수 있는 편안한 웃음이었다.

"최훈열 교수님 때문에 오셨다고요?"

"네. 좀 중요한 확인거리가 있어서요."

그때서야 성 목사는 은경을 생각한 듯 인사를 했다.

"유명하신 김은경 작가님이신데 인사가 늦었어요. 반갑습니다."

"안녕하세요? 잘 부탁드립니다."

은경이 웃으며 인사를 했다. 성 목사는 은경을 쳐다보며 묻지도 않은 말을 했다.

"최 교수는 저도 잘 압니다."

"아, 네."

강철이 성 목사와 눈을 맞추며 대답했다.

"저희 교단 산하 오타교회에 기도하러 가셨지요. 도쿄에 계실 때엔 저희 교회도 자주 오셨습니다."

"크리스천이신가요?"

은경이 물었다.

"네. 아주 독실하신 장로님이십니다."

"그러세요?"

강철이 조금은 의외인 듯 반문하며 말했다.

"40일째 실종되셔서 일본경찰이 수사 중이라는 소식을 듣고 왔습니다."

"그러게 말입니다. 저희들이야 어디 조용히 가셔서 기도나 하시고 계셨으면 합니다."

"요즘 혹시 무슨 특별한 사건은 없으셨나요?"

은경이 끼어들었다.

"그분은 절대 무슨 일에 연관될 분이 아니세요. 정권도 몇 번 바뀌고 이젠 한국에도 별 다른 연관이 없으시고 또 학자적 기질 외엔 무슨 일을 만드실 분도 아니세요."

성 목사는 최 교수에게 별 일이 없을 것이라는 믿음 같은 것을 가지고 있는 사람처럼 보였다.

"최 교수님이 이곳에서 연구하시던 주제는 무엇이었는지 혹시 아세요?"

"그분이야 국제정치 전공이시고, 특별히 한반도 통일문제에 정통하시지요. 이곳에서의 연구도 통일문제였을겁니다."

성 목사는 자세히 설명을 했다.

"자타가 인정하는 한국최고의 통일 이론가이시지요."

은경이 거들었다.

"그런 귀한 분이 새 정부에선 자리를 못 잡으시고 이렇게 외국으로 나와서 연구나 하고 계신 것이 저희들로서는 안타깝지요."

"네. 맞습니다. 옛날 국민, 참여정부시절 10년을 공들인 통일전문가들이 지금은 다 이렇게 외국으로 쫓겨 나와 이제 한국 안엔 통일을 아는 사람이 씨가 말랐습니다. 아예 해병대, 유디티, 공수부대만 통일문제를 다루고 있습니다."

강철은 속에 있는 말을 했다.

"요즘 한국, 스페인 등에서 통일 전문가들이 계속 의문사하거나 실종되고 있습니다."

"뭐라고요?"

성 목사는 금시초문인 듯 놀라는 표정을 지었다.

"그래서 저희가 최 교수님 실종사건을 조사하러 온 것입니다. 여긴 같이 못 왔지만 대한일보 기자도 함께 동행을 했습니다."

"목사님은 최 교수님이 위험하다고 생각지 않으시나요?"
은경이 물었다.

"저는 처음 듣는 이야기입니다. 그렇다면 놀라운 일이군요."

"오타교회는 어떤 교회인가요?"

강철이 본론으로 들어갔다.

"오타는 군마껭의 작은 소도시입니다. 아마 한국의 속초 정도할까요? 주변에 유명 온천이나 산이 많은 아주 공기가 맑은 곳으로 한국 가게들이 몇 개가 있습니다. 그곳의 한국인 교회는 마치 한 가족같이 오손도손 잘 지내고 있는 곳으로 유명합니다. 주임 목사님도 젊으신 부부이신데 아주 잘

하고 계시고요. 그래서 이곳 도쿄에서도 가끔씩 한국 성도
님들이 기도하러 잘 가시는 곳입니다. 주변에 일본의 3대 유
황온천 중 하나인 쿠사츠 온천과 닛코성이 있어 오타교회를
거쳐 그리로 많이들 가시지요."

"그렇군요. 저희들도 내일 그곳으로 가볼까 합니다만 목
사님께서 그곳 오타교회에 연락을 좀 넣어주실 수 있겠습니
까?"

"아, 그렇게 하고 말고요. 이문수 목사님 아드님이신데 제
가 잘해드려야 합니다. 걱정 마세요."

그때 문이 열리고 키가 작고 아주 뚱뚱한 50 초반의 사내
가 들어오며 호기롭게 큰 소리로 인사를 했다.

"안녕하세요? 목사님."

"아, 구 집사님 어쩐 일이세요?"

성 목사가 반갑게 인사를 했다.

"아이고, 손님이 계신 줄 몰랐습니다. 죄송합니다."
다시 나가려는 제스처를 취하는 사람을 강철이 만류하며
자리에서 일어났다.

"아닙니다. 저희들은 이제 일어나려던 참입니다. 들어오시
지요."

"아, 구 집사님, 인사해요. 이분들은 한국에서 오신 교회분
들이세요. 여기 이분은 유명한 여류작가 김은경씨이십니다."

성 목사는 웃으며 강철과 은경을 소개했다.

"안녕하세요? 저는 구현상입니다. 미국에서 조그만 사업을 하고 있습니다."

성 목사가 거들었다.

"이분은 미국에서 대형 부동산전문펀드를 운용하고 계시는 구현상 회장이에요. 현재 북한 부동산 개발 사업을 위해 이곳 도쿄에 와 계세요."

순간 강철과 은경의 눈이 마주치며 반짝였다.

"목사님, 모레 평양에 들어가려고요. 가기 전에 인사드리려고 왔습니다."

구현상이 밝고 큰 소리로 말했다.

"그러세요?"

두 사람은 서로 잘 아는 사이인 듯 성 목사는 편하게 말을 받았다.

"오늘 니가타에 가서 하루 자고 모레 아침에 평양에 들어갑니다."

"아, 네. 아주 큰일을 하시는군요."

강철이 관심을 보이자 구현상이 말을 이었다.

"세상에선 북한이 가난해서 온 인민을 굶겨 죽인다 하지만 사실은 북한만큼 부자도 없습니다. 뭐 엄밀히 따지자면 북조선 정권이지만요. 김정일 위원장이 세상에서 제일 부자입니다."

의아하게 보는 은경을 향해 현상은 아무 일도 아닌 듯이 쉽게 말했다.

"북한은 모든 땅이 당과 국가의 재산이에요. 그게 다 돈이지요. 그런데 그 돈 쓸 줄을 몰라요. 그래서 제가 그걸 돈으로 만들어 줍니다. 초대형 사업들이 줄줄이 준비되고 있습니다."

"그것이 가능해요? 누가 그걸 사요?"

"살 사람은 널렸습니다. 저는 부동산사업을 합니다. 산업을 개발 하는 것이 아니라, 땅을 파는 사람이지요."

"남쪽에서 허락을 해요?"

"남에서는 허락을 안 하지만 미국 자본은 들어갈 수 있습니다. 저는 미국인입니다. 말하자면 미국 시민권자이지요. 북한은 땅만 팔기 시작하면 돈 걱정 안 해도 됩니다. 남쪽 사람들도 현재는 미국을 우회해서 들어가면 되지요. 나중에 통일 되면 초대박 상품입니다."

"거, 참… 좀 황당하네요. 말이 되는 것 같기도 하고 또 안 되는 것 같기도 하고."

강철이 은경을 쳐다 보며 웃었다. 만약 이 말이 사실이라면 지금 북한에서는 엄청난 일이 벌어지고 있다는 얘기가 된다. 이제 서서히 무언가의 실체가 눈에 잡히기 시작했다.

"니가타엔 북한으로 들어가는 정기 배편이 있습니다. 그럼 다음에 또 뵙겠습니다."

구현상이 인사를 하고 나갔다. 잠시 후 강철과 은경도 다시 한 번 오타교회에 연락을 부탁하고 성남준 목사와 인사를 하고 나왔다.

생각보다 오타시는 작았다. 도쿄에서 도후쿠 고속도로를 따라 북쪽으로 두 시간 쯤 올라가다 50번 도로를 타고 30분쯤 서쪽으로 가자 들판 위에 평화롭게 작은 건물들이 옹기종기 모여 있는 아담한 동네가 나왔다. 대한민국 시골의 어느 읍내와 같은 곳이었다. 어떤 일도 일어날 것 같지 않은 그림 속의 차분한 도시, 이런 곳에서 한국의 유명한 통일문제 전문가가 실종되었다는 것이 이상했다.

"생각보다 도시가 작죠?"

은경도 같은 생각을 했는지 운전을 하다 고개를 돌려 강철을 봤다.

"이곳에서 은경씨가 있었어요?"

효식이 심심한 듯 물었다.

"아뇨. 여기서 남쪽으로 40분 정도 거리의 구마가야란 곳에 한 1년 있었어요."

"그럼 여기도 잘 아시겠네요."

"조금요. 가끔 왔죠. 그때 여긴 한국 가게가 열 개 정도 있었는데 제 친구들이 아르바이트를 했어요. 가끔 구경 왔죠. 친구들 만나러요."

"그럼 이곳 오타교회도 아세요?"

강철이 물었다.

"아뇨. 오래 전이라…"

오타 교회는 낡은 3층 목조건물의 2층에 자리잡고 있었다. 이미 우에노의 성남준 목사로 부터 연락을 받은 듯 오타교회의 주임 목사인 이명환 목사가 반갑게 맞이했다.

"안녕하세요? 이명환 목사입니다."

마치 한국의 젊은 미남 가수 같이 생긴 건강한 이 목사가 인사를 했다.

"반갑습니다. 말씀 많이 들었습니다."

강철이 일행을 대신하여 인사를 했다.

"도쿄의 성 목사님에게 연락 받고 기다리고 있었습니다. 앉으시죠."

"이쪽은 대한일보 장효식 기자이고, 이쪽은 작가 김은경씨이십니다."

세 사람이 눈인사를 하고 앉았다.

"최훈열 장로님을 찾고 계신다고 들었습니다."

"네. 최 교수님 실종사건을 취재 중입니다."

효식이 공적인 방문임을 강조하려는 듯 말에 힘을 주었다.

"어떻게 된 겁니까?"

강철이 물었다.

"네, 최 장로님은 한 40일쯤 전에 이곳에 오셔서 3일간 금식기도를 하시고 가셨습니다."

"금식기도요?"

은경이 의외란 듯 물었다.

"네. 가끔 오십니다. 여기 근처에 일본 3대 온천 중 하나라는 쿠사츠 온천이 있고 또 북쪽으로는 닛꼬성도 있어서 가끔 도쿄의 한국 성도님들이 가시다 들려 기도도 하곤 하십니다."

이 목사가 성의 있게 설명을 했다.

"그리고는요?"

"여기서는 떠나셨습니다."

"어디로 갔는지 아십니까?"

효식이 사무적으로 물었다.

"아뇨. 모릅니다."

"말씀 안하셨어요?"

"네. 전혀요. 워낙 말씀이 없으신 분이라 누구하고도 사적인 얘기는 하시질 않으세요."

"차는 가지고 오셨던가요?"

은경이 물었다.

"아닙니다. 안가지고 오셨던 걸로 압니다."

"그럼 무슨 기차역이나 터미널이나 택시나 뭐 그런 관련된 정보는 없으신가요?"

"안 그래도 이곳 경찰이 와서 다 물어보고 가셨어요."

이 목사는 친절히 설명을 하다가 세 사람의 추궁이 좀 부담스러웠던지 조금씩 사무적이 되어갔다.

"최 교수님이 신앙심이 좋으셨던가 봐요?"

강철이 화제를 돌렸다.

"네. 많은 분들에게 존경을 받으셨어요. 훌륭하신 분이 정권이 바뀌고 난 후 외국에 나오셔서 외롭게 계시는 것이 보기에 안 좋았어요. 여기 교민들에겐 든든한 분이셨지요. 저희들은 지금도 장로님께서 어딘가에서 잘 쉬고 계시리라고 믿고 있습니다."

"왜 그렇게 생각하세요? 사망사건이나 위험한 사고로 보지 않으시는 건가요?"

은경이 날카롭게 물었다.

"그분은 워낙 평판이 좋으셔서 주변에 어떤 문제를 일으키신 적이 없어요. 무슨 일이 있을 분이 아니시란 말이지요."

"가시면서 무슨 말씀을 하시지는 않으셨나요? 가령 어디를 가서서 쉬실 거라든가…"

강철이 부드럽게 물었다.

"없으셨습니다…"

이 목사는 잠시 말을 끊었다가 생각난 듯 물었다.

"혹시 오늘 여기 오타에서 주무실 건가요? 예약을 해야 돼서…"

"아니 괜찮습니다. 저희들 일은 저희가 알아서 하겠습니다."

은경이 재빨리 말을 막으며 강철에게 동의를 구하는 듯 쳐다봤다.

"네. 그러죠. 걱정하지 마십시오. 그럼, 저희들은 이만 일어나겠습니다."

강철은 더 이상 알 것이 없음을 느끼고 자리에서 일어서려 했다.

"이강철 선생님, 교도소에서 출소하셨다는 소식은 들었습니다. 그동안 고생하셨어요. 모두들 걱정했습니다. 주님께서 다 아시니 위로해주실 줄로 믿습니다."

취재가 대충 끝난 줄을 알자 이명환 목사는 마음에 담아뒀던 듯 강철에게 작심하고 얘기를 했다.

강철은 의외의 말에 놀라 얼굴이 붉어졌다.

"유명인사이신가 봐요? 강철씨?"

은경이 웃었다.

"저희들이 여기 외국에 나와 있어도 대충 알건 다 압니다. 승리하세요."

"아, 네…"

강철이 어색한 웃음을 지으며 자리에서 일어났다.

세 사람이 이 목사 부부와 인사를 하고 계단을 내려오는데 교회 성도인 듯한 50대 후반의 한 여인이 계단을 올라오다 일행을 만나자 방문목적을 알고 있다는 듯 말을 꺼냈다.

"최 장로님은 니카타로 간다고 하셨어요. 제가 차 시간까지 알아봐 드렸는데요? 아무 일도 없을 테니까 모두들 걱정하지 마세요."

위에서 이 목사의 당황한 듯한 목소리가 들렸다.

"박 권사님 뭐하세요? 빨리 올라오세요."

박 권사라 불리는 여인은 깜짝 놀라 뛰어올라가며 작별인사를 했다.

세 사람은 순간 눈이 마주쳤다.

"뭐야…?"

세 사람 입에서 동시에 같은 소리가 나왔다.

어제 도쿄에서 만났던 미국의 구현상 회장의 말이 생각났다. 니카타는 북으로 가는 정기배편이 있는 곳이었다. 또한 예로부터 니카타는 조총련의 기반이 강한 곳으로 알려진 곳

이었다. 그곳으로 최훈열 교수가 스스로 갔다? 그리고 흔적
도 없이 사라졌다?

"뭐야? 월북이야?"

효식이 어이가 없는 듯 말했다.

"도쿄에서 니카타로 가는 중간쯤에 오타가 있어요. 노선
을 그렇게 만들면 그렇게 됩니다. 최 교수는 처음부터 작정
한 거예요."

은경이 말했다.

"처음부터 북으로 들어가기로 했다… 그것도 아무도 모르
게? 그럼 자진 월북을 했다는 말인데…"

강철이 신음하듯 내뱉었다.

"뭐야? 스파이였어?"

"그건 아니다."

세 사람은 굳이 니카타까지 갈 필요는 없다는데 의견을
모으고 다시 도쿄로 향했다. 강철은 뭔가 일이 생각지 않았
던 방향으로 흐르고 있다는 것을 직감했다. 모두가 상상도
하지 못한 일들이 현재 한반도에서 은밀하게 진행되고 있다
는 사실을 다시 확인한 것이다. 마치 핵폭탄과 같은 파괴력
을 가진 엄청난 사건일지도 모른다는 생각이 들었다. 강철에
게 실체를 알 수 없는 불안감이 몰려 왔다.

"빨리 한국으로 들어가자."

강철이 두 사람에게 말했다. 한국에서 급히 만나봐야 할 사람들이 있었다. 어쩌면 지금 그쪽에서 모든 일들이 시작되고 진행되고 있을지도 모른다는 예감이 들었다.

한반도 적화통일계획, 암호명 '월화수목금통일'
현재 조선민주주의인민공화국 베일의 실권자, 암호명 '천지'

강철은 소름이 돋았다. 모든 것이 실재로 다가온 것이다. 실현가능한 실재, 이미 상당히 진행되어 곧 완성될 실재, 이제는 시간이 별로 없었다.

죽은 박지훈 기자는 이미 다 알고 있었던 것 같다.

"강철아, 터뜨릴까?"

효식이 조심스레 말했다.

"아니, 조금만 기다려. 너무 조용해. 남쪽 국가정보원에서 모를 리가 없어. 이곳 경시청도 마찬가지고."

"아뇨, 진짜 모를 수도 있어요. 이곳 이명환 목사도 우리에게 뭔가 숨겼어요. 그는 다 알고 있었어요."

은경이 빠르게 말했다.

"…조금만 기다려. …빨리 한국에 들어가자. 뭐 좀 알아볼 사람들이 있어. 그 사람들만 먼저 만나보고. 그리고 은경씨,

책 지금 어느 정도까지 나왔어요?"

강철이 은경을 쳐다보았다.

"거의 다요. 곧 출판 단계입니다."

"빨리 책부터 내는 것이 효과적일 것 같아요. 현재까지 우리가 알고 있는 것을 가감 없이 있는 그대로 발표해요. 팩트보다 소설형식이 앞으로의 방향을 효율적으로 끌 수 있고, 무엇보다도 사회적 충격을 완화시킬 수가 있을 겁니다."

"…강철씬 역시 운동가답군요."

"그리고 효식아, 조금만 기다려. 문제의 실체에 확실히 접근해야 돼. 소설하고는 달라. 완전한 팩트로 가자고."

효식이 생각에 잠기는 듯 가만히 있었다.

'…막아야 돼. 이건 아냐.'

강철은 혼잣말처럼 말했다.

도후쿠 고속도로 옆으로 길게 뻗은 강을 지나 멀리 건너 보이는 도쿄의 불빛이 마치 은하수와 같았다.

8. 한반도 평화통일 프로젝트

강철은 광화문 청하빌딩 7층으로 오르고 있었다. 최현규 목사를 만나기 위해서였다. 교회였다. 뭔가 계속 끼어 올라오는 것이 교회였다. 예감이 안 좋았다. 어쩌면 이 모든 사태의 중심에 교회가 있을 지도 모른다는 생각이 들었다.

"최 목사님, 제게 이제 다 얘기 해주십시오."
강철은 단도직입적으로 물었다.
"무얼?"
"저 일본에 다녀왔습니다."
"……?"
"도쿄대 최훈열 교수 아시지 않습니까?"

"이름만 아네."

"지금 실종된지 50일 가까이 되는데 아무래도 북으로 들어간 것 같습니다. 아무도 모르게 비밀리에 말입니다."

"요즘 같은 때에 무슨 비밀인가? 맘만 먹으면 누구나 다 가는 곳인데, 막지도 않아. 누구도. 옛날 같지 않다네."

최 목사가 냉정하게 말했다.

"이 간사, 대체 뭘 알고 싶은 건가?"

"그런데 왜 굳이 비밀리에 갔느냐 이 말입니다. 공식적으로는 실종입니다. 가족들도 전부 실종으로 알고 있습니다. 주변 모든 사람들이 말입니다. 그런데 제가 일본에 가보니 실종이 아니고 자진월북입니다. 그것도 마지막으로 교회에서 사라졌습니다. 그리고 그분은 교회의 독실한 장로였습니다. 지금 교회에서 무슨 일을 하고 있는 겁니까?"

최 목사는 가만히 강철을 쳐다보았다.

"목사님, 저는 밖의 사람이 아닙니다. 잘 아시지 않습니까? 제게는 이제 말해 주십시오."

"앉게나."

최 목사는 강철을 물끄러미 바라보다가 자리를 권했다.

"이 간사. 지금 한국교회와 한반도에는 전쟁 이후 가장 급박한 변혁의 시기가 바로 눈앞에 와 있네. 이제 우리 민족의 고난의 시기는 끝날 때가 됐어."

강철은 정색을 하는 최 목사의 모습에서 평소와는 다른 무언가를 느꼈다.

"이제 해방 후 66년간 기도했던 우리의 소원이 이루어지는 순간이 왔어."

"그것이 월화수계획이라는 적화통일입니까?"

강철은 조금은 도전적으로 반문했다.

"이 간사, 이제 세상은 적화니 뭐니 하는 시대는 지났어. 북에서도 공산혁명이니, 주체사상이니 하는 것이 얼마나 허망했던 것인지 잘 인식하고 있네. 이제는 다 같이 분단이전의 옛날처럼 어떻게든지 잘 사는 길을 찾아야 해."

"목사님 우리는 종교의 자유가 가장 중요한 것 아닙니까? 지금 북은 종교의 자유가 있다고 생각하십니까? 인간이 당연히 가져야 할 기본적인 권리, 자유라는 개념이 없지 않습니까? 그것을 포기하고는 어떤 것도 재앙일 뿐입니다."

"그것은 당연한 것 아닌가?"

"당연한 것이 당연하지 않은 곳이 북입니다. 우리가 말하는 적화통일의 개념은 바로 현재의 북과 같은 상태로 통일된다는 말입니다. 저는 어떤 이유를 대더라도 그것 만큼은 받아들이지 못합니다. 비록 하나님이라도 안 됩니다. 저는 막을 것입니다."

다시 한참을 강철을 바라보던 최 목사가 말했다.

"강철군. 정오정 목사를 좀 만나보게나. 자네가 궁금해 하는 것을 말해 줄 걸세."

인사를 하고 나오는 강철의 등 뒤에서 최현규 목사가 말했다.

"묘책이 있을 거야…"

강철은 내친김에 북한선교센터 소장 정오정 목사를 그의 사무실에서 만났다. 키가 작고 바짝 마른 40대 초반으로 보이는 정 목사는 머리를 짧게 자르고 눈에서 광채가 날 정도로 날카로운 인상의 소유자였다.

"안녕하십니까? 이강철입니다."

"앉아요. 방금 최현규 목사님으로부터 연락받고 기다리고 있었습니다."

자리에 앉는 강철에게 정 목사는 바로 본론을 말했다.

"이강철씨에게 현재 북한선교의 상황을 설명해주라는 부탁을 받았습니다."

"네. 감사합니다."

강철도 격식을 차리지 않고 말했다.

"결론부터 얘기해서 지금 북한선교는 완전 마무리 단계입니다. 완성이라는 뜻입니다."

정 목사는 강철의 눈을 똑바로 쳐다보았다. 강철은 순간 눈길을 피하려다 말고 그대로 받았다.

"최 목사님께서 보증을 하셨으니 비공식적인 얘기까지 해 드리겠습니다."

"감사합니다."

강철도 조용히 정오정 목사의 눈을 쳐다보았다. 뭔지 모를 긴장감이 넘쳤다. 강철은 순간 너무 앞서나가는 얘길 들어버릴 수도 있다는 생각에 잠시 후회의 마음이 스쳤다. 그러나 어차피 한 번은 부딪혀야 할 일이었다.

"지금 북쪽과 우리 한국 교회 사이엔 큰 합의가 이루어졌습니다."

"합의요?"

"네. 아직 공식적으로 발표되진 않았지만 곧 북한의 문이 완전히 열립니다."

정 목사는 자신감 있는 모습으로 차분하게 설명하기 시작했다.

"지금 북에서는 우리 한국교회의 통합을 요구했습니다. 그냥 통합이 아니라 한국교회 전체를 대표하는 단일교단의 출현을 요구한 것입니다."

"네?"

강철은 의외의 말에 놀라는 표정을 지어보였다.

"북은 선교의 문을 열어 주는 대신 한 루트만을 요구했습니다. 일종의 조건입니다.”

“그들이 얻는 것이 뭐죠?”

“얻는 것이 아니라 잃는 것을 두려워했기 때문입니다. 그건 바로 질서입니다.”

“우리가 그것을 받아들이면?”

“북한 전역의 시, 군 단위까지 한국교회의 설립을 약속했습니다. 단, 단일교단의 이름으로 입니다. 당연히 북한의 ‘조그런’과도 통합입니다. 명실상부한 한반도의 단일 그리스도 교단입니다.”

“뭐요? 그것이 가능하다고 보십니까?”

강철은 생각보다 깊은 이야기에 놀랐다. 자신이 우려했던 일들이 실제로 일어나고 있었던 것이다.

“며칠 후면 남북에서 동시에 발표가 될 것입니다.”

“뭐라고요?”

“말 그대로입니다. 이미 다 이루어 졌습니다. 발표만 남았습니다. 통합된 단일교단의 이름이 아니고는 한 발자국도 북엔 못 들어갑니다.”

“북이라면 북의 김정일 위원장을 말하는 것입니까?”

강철은 확인해보고 싶었다.

“아닙니다. 아실지 모르지만 북조선은 이미 김정일 위원장이 실권자가 아닙니다. 다른 사람이 있습니다. 우리들은 그와 협의를 하고 있습니다.”

“‘천지’를 말하는 겁니까?”

“알고 계셨군요. 네.”

정 목사는 담담히 말했다. 조금도 막힘이 없었다.

이제 돌이킬 수 없는 일들이 수면 아래에서 진행되고 있었다는 사실이 확인이 된 셈이다. 강철은 답답했다.

“목사님, 월화수계획이라는 말 들어보셨습니까?”

“네. 그러나 그것은 모르는 사람들이 만든 말입니다. 통일은 맞습니다. 그러나 적화통일이란 말은 맞지 않습니다. 오직 하나님의 나라로 통일이 될 것입니다.”

강철은 어이가 없었다. 마치 모든 것을 결정한 자살특공대원을 보고 있는 것 같았다.

“목사님, 현재 한국의 130개가 넘는 교단이 다 하나의 교단으로 통합에 이미 합의를 했다는 말입니까? 그것도 비밀리에요?”

“비밀이 아니고 아직 공식적으로 발표를 하지 않았다는 것입니다.”

강철은 자신도 모르게 그런 엄청난 일들이 진행되고 있었다는 사실이 믿어지지 않았다. 아무리 그 사이 감옥에 갔다 왔다고 해도 그럴 수는 없는 것이었다.

“현재 한국의 교회는 총 5만 여개입니다. 교단은 130개가 조금 넘습니다. 연합단체는 한국기독교총연합회, 한국기독교교회협의회, 개신교교단협의회, 보수교단협의회, 전국기독교총연합회 등이 있습니다. 그러나 이미 모든 회장단의 합의가 있었고, 무엇보다도 전국의 거의 모든 중, 대형교회들이 교단, 교파를 막론하고 새로운 교단으로 전부 합쳤습니다. 다시 말하지만 그 새로운 교단의 이름이 아니고는 절대 북에 교회를 세울 수 없습니다. 그 새로운 교단의 이름은 제가 지금 말할 수는 없고 며칠 후면 공식적으로 발표가 있을 것입니다. 그리고 2차로 북한 조그련과의 통합이 곧 있을 것입니다."

강철은 놀라웠다. 가슴이 터질 것 같았다. 어떻게 이런 일이 이렇게 비밀리에 진행 되는 것이 가능했을까?

"대한민국 정부에서도 알고 있습니까? 이명박 대통령도요? 이명박 대통령은 장로 아닙니까? 설마 모른다고는 안하시겠지요?"

"더 깊은 얘기는 이제 더 이상 못하겠습니다."

정오정 목사는 입을 닫았다.

강철은 머릿속이 엉클어졌다.

"그러면 추후엔 어떻게 됩니까?"

"우리 한국교회가 66년을 눈물로 기도했던 일들이 이루어지는 것입니다. 해방 이후 진정한 한민족으로의 통일입니다.

북한 전 지역에 시, 군 단위까지 한국교회가 세워집니다. 그리고 그 교회들이 북한 주민들을 도와주고 지키고 가르치고 변화시키고 성장시켜나갈 것입니다. 새로운 통일한반도에서의 국민으로 살아갈 수 있는 역량을 교육할 것입니다. 자유민주주의 국민으로요. 통일 직전에 교회가 북으로 먼저 들어가는 것입니다. 모든 것이 준비가 다 되었습니다. 우리 북한선교센터에서는 몇 년 전 부터 치밀하게 이 모든 것을 다 준비해왔습니다. 모든 역량이 넘쳐납니다.”

정 목사는 확신에 찬 어조로 말을 이었다.

“만약에… 만약에 말입니다. 북에 한국교회가 지금 이용을 당하고 있는 것이라면 어떻게 하실 작정이십니까?”

정 목사는 의외의 질문이라는 듯 눈을 지긋이 감았다.

“만약 그렇다고 해도 해야 합니다. 그곳에서 또 길을 다시 찾아 봐야지요. 그리고 지금은 이미 그런 생각하기에는 늦었습니다.”

강철을 바라보는 정 목사의 눈에서 광채가 났다. 모든 것을 초월한 그런 눈빛이었다. 강철은 나지막하지만 강하게 말했다.

“목사님, 지금 한국교회는 그 ‘천지’라는 자에게 철저하게 이용당하고 있는 것 같습니다.”

정오정 목사는 조용히 웃었다.

　강철은 지금 은경, 효식과 함께 최현규 목사를 다시 찾아가고 있었다.

　"은경씨, 박지훈 기자의 말이 맞았습니다. 지훈이는 이 모든 것을 다 알고 있었습니다. 월화수계획은 이제 완성되어 곧 실행 단계입니다. 2012년이 바로 그들이 말하는 강성대국 통일원년이 맞았습니다. 이제 한 달 남았습니다. 막아야 합니다. 속고 있어요. 김선호 대사의 말도 다 맞았습니다. 이건 '천지'의 농간입니다."

　은경은 강철을 쳐다보았다.

　"모든 것은 교회였습니다."

　"교회라니요?"

　"지금까지 북이 김일성 이래로 무력에 의존했던 것은 그들이 대남전술전략에서 평화적으로는 승산이 없었기 때문입니다. 바로 플러스알파에 확신이 없었기 때문이죠."

　"플러스알파라니요?"

　"그들은 해방 이후 남로당 건설 등을 통해 남쪽 25%에 공을 들였습니다. 그 후 좌익, 진보, 급진, 주사파, 유물론적 무신론, 유사환경운동, 어용사회시민단체 등, 여러 이름으로 그 25%를 확보해나갔습니다. 그러나 거기까지였습니다. 남쪽사회의 대세로 키워 그 이상의 확보에는 늘 실패를 했습니다. 시간이 지날수록 그나마 지켜왔던 북의 100%에 대한 확신마저도 사라지고 있습니다. 그 100%를 완벽하게 지키고 남의 25%도 완전히 충성도 100%로 만들어 확보해도…"

강철은 잠시 말을 끊었다.

"아! 남쪽의 좌파가 어이없는 과격, 극렬운동을 하는 것은 그 100% 충성도의 구성원들을 확보하려는 전술이었습니다."

은경은 강철의 눈에서도 빛이 나는 것을 보았다.

"남쪽의 25%를 완전히 충성도 100%로 만들어 확보해도 1,250만, 전체 통일한반도 7,500만의 50%인 3,750만 명에 겨우 이릅니다. 그것을 가지고는 모험을 할 수가 없었던 것입니다. 그러나 박정희 대통령은 그것을 보았고 자신이 있었습니다. 박 대통령의 통일계획 마지막은 남북자유총선거였습니다. 그래서 북에서는 항상 그 모자랐던 플러스알파가 필요했던 것이고 이제 그 플러스알파를 확보하였다고 본 것입니다."

"그것이 교회라는 말인가?"

효식이 끼어들었다.

"그래. 교회가 며칠 후에 전격적으로 북한과 완전통일을 해."

"뭐라고요?"

은경이 놀라는 표정을 지었다.

"북에서 시, 군 단위까지 한국교회개척을 허락했습니다. 그것도 완전히 새로 만든 한국통합교단을 통해서입니다. 그것을 통하지 않고는 북한진입이 불가능합니다."

"한국교회에서 그것을 합의 했단 말인가?"

효식이 어이없는 듯 말했다.

"그래. 합의 정도가 아니야. 오히려 주도하고 있어."

"남쪽 당국에서는요?"

은경이 물었다.

"모르겠습니다. 어디까지 관여가 되었는지는. 그러나 이명박 대통령이 교회 장로이십니다. 최소한 묵인 이상은 있었음이 분명합니다."

"다들 미쳤군요."

은경이 정색을 했다.

"개성공단도 현대와 북이 먼저 합의를 하고 후에 남쪽에서 추인을 했습니다."

효식이 말했다.

"막아야 합니다. 이건 북의 대남전술전략의 일환입니다. 그리고 그것이 바로 월화수계획이었습니다. 그것은 결국 남북총선거입니다."

"그것이 바로 암호명 '월화수목금통일'이잖아요. 치밀하게 계획된 그들의 통일전술."

"박지훈 기자는 여기까지 안 것 같습니다. 그래서 죽은 것입니다. 박 기자를 죽인 사람은 남쪽사람입니다. 남쪽 감옥 안에서 죽었으니까… 절대 교회는 아닙니다. 제가 그 자리에 있었습니다. 그리고 깡패들도 아닙니다. 누군가 우리가 모르는 세력입니다. 최소한 어마어마한 힘이 있는 자들입니다."

"지금 남쪽의 크리스천은 개신교가 800만, 천주교가 500만입니다. 800만은 확실하고, 500만도 예수의 편입니다. 막강한 1,000만 표의 움직임입니다. 확보지요."

"그러면 무엇보다도 전 세계적으로도 크리스천을 심정적 동지로 확보할 수가 있겠군. 25억. 그 안엔 미국 대통령, 영국수상도 있고."

효식이 말을 이었다.

"그것을 바로 김정일은 노리고 있는 것이네요."

은경이 확인했다.

"김정일이 아닙니다. '천지'로 알려진 자입니다."

"그러니까 그들 속에서도 '천지'에 대항하는 자들이 있는 것이지요. 김선호 대사 같은 자들입니다. 북의 기존 엘리트 그룹들에요. 그의 말대로 그들도 지금 그들의 앞날에 확신이 없는 것이군요."

은경이 말을 이었다.

"그러나 이미 김정일 위원장도 그 '천지'에게 넘어간 것으로 보입니다. 아무튼 이건 다 그의 계략입니다. 막아야 합니다. 며칠 후라고 합니다. 교회가 북과의 통합을 발표하는 것부터 먼저 막아야 합니다."

강철이 결연하게 말했다.

"목사님, 지금 한국교회는 북의 '천지'라는 자에게 철저히 농락당하고 있습니다. 지금이라도 멈춰야 합니다."

최현규 목사는 빙긋이 웃으며 강철을 보았다.

"강철이는 그렇게 생각하나?"

"네. 너무도 명확한 일입니다. 그들은 엄청난 것을 준비해 왔습니다. 그것은 바로 대남적화야욕의 완성입니다. 아마도 곧 남북 총선거를 제안할 것입니다."

"강철군, 자네 너무 앞서 나가는 거 아닌가?"

"앞서 나가는 것이 아닙니다. 지금껏 그건 인구가 많은 남쪽에서 주장한 것입니다. 그러니 그들이 제안하면 거부하기도 어렵습니다. 그러나 이젠 그들에게 승산이 있습니다. 바로 모자란 조각 하나를 채웠습니다."

"모자란 조각이라니?"

"그것이 바로 교회입니다."

"지금 무슨 소리를 하는 건가?"

"1,000만 표를 플러스알파로 그들이 확보할 수가 있다는 말입니다. 그러니 지금이라도 며칠 후의 발표를 막아주십시오. 아니면 연기라도 해주십시오."

효식이 말을 가로 막았다.

"아니면 제가 먼저 터뜨리겠습니다."

"누구신가?"

"대한일보 기자 장효식입니다."

효식이 건조하게 말했다.

최 목사가 말없이 효식을 쳐다보았다.

"선배님, 제 친구입니다. 일본에도 같이 다녀왔습니다. 이건 막아야 합니다. 자유민주주의로 남쪽으로의 통일이 아니지 않습니까? 이걸 교회에서 앞장서는 건 말도 안됩니다. 뭔가 큰 착각을 하고 계신 것입니다. 선배님이 막아주십시오."

"목사님, 이건 오래 동안 진행되어온 그들의 전술전략입니다."

은경도 끼어들었다.

최 목사는 세 사람을 둘러보더니 긴 한숨을 쉬었다.

"강철아. 이건 한 두 사람이 하루 이틀에 진행해 온 문제가 아니야. 네가 생각하는 것 보다 덩어리가 커. 잘못 들어오지 마."

"그래도 할 수가 없습니다. 이렇게 비밀로 그 큰일들을 결정하고 진행해 온 것을 지금이라도 안 이상 그냥 있을 수는 없습니다.”

“목사님, 제가 알기만도 벌써 여러 사람이 죽었습니다.”

효식이 거들었다.

그러자 최 목사는 정색을 하고 효식을 쳐다보았다.

“절대 어느 누구도 그들을 죽이지 않았네. 내가 다 알아보았네. 어느 쪽에서도 그들을 죽인 적은 없어. 자살이나 사고야.”

“선배님. 그들이 누구입니까? 그들의 실체를 아십니까? 연락이 됩니까?”

강철은 어이가 없는 듯 물었다.

“목사님 ‘천지’가 누구입니까?”

세 사람은 일제히 최 목사의 얼굴을 쳐다보았다.

“그것은 내가 말해 줄 수 없네.”

최 목사는 천천히 말했다.

“실제로 존재하기는 하는 겁니까?”

효식이 물었다.

“그것도 말해줄 수 없어.”

“그러면 ‘천지’는 사람입니까? 아니면 조직입니까?”

은경이 조용히 혼잣말처럼 물었다.

“자네들, 마포 한강교회의 장영일 목사님을 찾아가보게나. 그분하고 말해봐. 난 역부족이니까.”

최현규 목사가 자리에서 일어서며 세 사람에게 말했다.

"그런 후에 기사로 터뜨리든가 소설로 발표하든가 마음대로 하게나."

세 사람은 서로 얼굴을 마주보았다. 이제 서서히 월화수목금통일계획의 본체가 나타나기 시작했음을 직감했다.

9. 통일 원년 - 2012년

　노을이 붉게 물든 한강변의 저녁은 아름다웠다. 멀리 김포 쪽에서의 낙조가 모든 것을 잊게 하고 있었다. 세 사람은 급하게 마포로 발길을 돌렸다. 며칠 후라니… 그러나 그날이 정확하게 언젠지는 몰랐다.

　막아야 한다. 말이 필요 없다. 이것은 어쩌면 역사에 후회가 될 지도 모르는 일이었다. 교회가 이런 일을 그들 내부에서 결정하여 7,500만을 운명 지을 일은 아니었다. 결코.

　그들은 다짜고짜 비서실의 직원들을 뒤로 하고 장영일 목사의 집무실로 들어섰다.

　"앉게나."

　장 목사는 차분하게 말했다. 웃음을 띠고 있는 눈에서 광채가 나왔다. 세계 최대교회를 이끌어나가는 목사답게 그의 위엄은 말로 듣던 것 보다 월등했다.

"대한일보 기자라고? 지금 최 목사에게서 연락 받았네."

"네."

효식은 정중하게 대답했다.

강철은 바로 중심으로 들어가야겠다고 생각하고 단도직입적으로 말했다.

"목사님. 죄송합니다만 며칠 후의 발표를 멈춰주십시오."

"무슨 발표? 아, 그리고 자네는 이문수 목사 아들이라면서?"

강철은 갑자기 허를 찔린 듯한 느낌이 들었다.

"자네. 행복교회 사건은 나도 잘 아네. 먼저 출소를 축하해. 자네들과 같은 젊은이들이 한국교회 내부에서도 자꾸 움직여야 하네. 그래야 교회에도 희망이 있는 거야."

강철은 장 목사 같은 사람이 자신을 안다는데 놀랐다.

"아버님은 서로 교단은 다르지만 내 어릴 적 친구였어. 이 목사는 양평으로 갔고 나는 서울에 남았지. 그리고 50년이 지났군. 서울에도 구원할 사람이 있는데 어떻게 하나? 있을 사람은 있어야지. 이제 50년이 지나고 나니까 우리 둘 다 손엔 남은 게 아무 것도 없어. 모든 것은 다 주님 것이었을뿐이지. 원래부터 그랬네. 우린 그냥 시키는 일을 했을 뿐이야.

자네 아버지 이문수 목사는 나보다는 조금 편했을 걸. 하하
하… 그건 그렇고 아들은 잘 키웠군.”

　장 목사는 잠시 회한에 빠지는 듯 했다. 그리고 이미 연락
을 받은 듯 은경에게도 한마디 했다.

　“유명한 작가님까지… 세 사람이 모두 쟁쟁하군.”

　장 목사는 웃었다.

　“목사님, 발표를 멈춰주십시오. 안 그러시면 신문에 먼저
내겠습니다.”

　장 목사는 천천히 효식을 쳐다보면서 말했다.

　“내가 모든 것을 진행하는 것은 아닐세. 그러나 나는 이미
살 만큼 산 사람이야. 주님이 어떤 일로 나를 쓰셔도 나는
그대로 할 사람이야. 무엇을 멈춰달라는 말인가?”

　“목사님. 월화수목금통일계획이라는 것이 있습니다.”

　강철이 말을 받았다.

　“그런데?”

　“그것이 오래 전부터 비밀리에 준비된 북쪽의 적화통일계
획의 암호명입니다.”

　“적화통일?”

　“네. 그런데 그 완성의 해가 그들이 강성대국원년으로 보
는 2012년입니다. 이제 한 달도 안 남았습니다. 바로 강성대
국이 그들의 통일완성입니다. 그것은 남북총선거를 통해서

이루어집니다."

"그러면 우리가 이기는 거 아닌가? 잘됐군. 통일이 되는 거지. 평화통일이란 것이 결국 선거를 통한 것 아닌가? 그런데 뭐가 문젠가?"

"목사님 그게 아닙니다. 대한민국의 교회가 그쪽으로 가면 북이 이깁니다."

"교회가?"

"네. 며칠 후면 한국교회대통합이 발표되고 한국 통일교단의 탄생이 선언된다는 것을 알고 있습니다."

"그런데?"

"그 통일교단이 북의 시, 군 단위마다 하나씩 교회를 세운다는 발표가 조만간 예정돼 있다는 것도 알고 있습니다."

"그리고?"

장 목사는 강철의 얼굴을 뚫어질 듯이 쳐다보았다.

"그것이 바로 북의 표를 만들어주는 결과를 가져오게 되는 것입니다. 수 계산을 해보니까 그렇게 되면 북이 선거에서 이깁니다. 목사님, 지금 북은 모든 것이 인간이하입니다. 최악입니다. 대한민국이라는 배가 해적들에게 강탈당하고 맙니다. 그런 통일은 하향평준화일 뿐입니다. 그 중심에 지금 한국교회가 이용되어서는 안 됩니다."

"목사님, 멈춰야 합니다."

은경이 옆에서 단호하게 거들며 말했다.

장 목사는 세 사람을 조용히 둘러보고 눈을 감았다가 한참 후 고개를 들었다.

"자네가 말 한대로 한국교회가 한 교단으로 대통합이 이루어지고 북한 땅 전역에 시, 군 단위별로 하나씩 교회가 세워진다면 나는 그 일에 지금 당장이라도 목숨을 내놓을 수 있네. 그것도 한국의 목사들이 올라가 교회를 하나씩 세우는 것이라면 나는 두 번이라도 목숨을 내놓을 수 있네. 그러면 그 목사들이 북의 동포들을 혼란한 통일의 와중에서도 지켜줄 수가 있을 것이네. 내가 아는 한, 한국의 목사들은 세계 최고의 수준일세. 최고로 훈련 되어 있고 가장 헌신적이야. 내 말 믿어도 돼."

세 사람은 할 말을 잊었다.

"…나는 제발 그리 되게 해달라고 기도하겠네."

장 목사는 다시 한 번 음미하듯 말했다. 그리고 조용히 눈을 감았다.

강철은 더 이상 말이 필요 없음을 알았다. 지금 한반도의 물 밑에서 일어나고 있는 엄청난 어떤 일들은 이미 사람의 손을 떠난 것 같았다. 그 폭발력은 지금 강철에게도 서늘한 냉기로 느껴질 정도였다. 현재의 이 상황은 남북의 모든 권력과 결정권을 가진 사람들이 같은 판 위에 올라와 한 판에서 같이 카드게임을 하는 것 같았다. 이제 그 판을 결정지을 마지막 순간을 담담히 기다리고 있는 형국처럼 보였다. 항상 역사는 그렇게 민중이 모르는 곳에서 먼저 결정이 났다. 강철은 그렇게 느꼈다.

세 사람은 정중하게 장 목사에게 인사를 하고 나왔다. 그들이 하는 말 몇 마디가 장 목사 앞에서는 더 이상 의미가 없었다. 엘리베이터 안에서도 세 사람은 아무 말도 하지 않았다. 멀리 보이는 한강 하구의 노을은 어느새 여러 색의 다리를 밝히는 조명으로 바뀌어 있었다. 끝도 없이 차량의 행렬이 이어졌다. 그때까지도 그들은 서로 아무 말도 하지 않았다.

'평화통일이란 것이 결국 선거를 통한 것 아닌가?'
'…뭐가 문젠가?'

그들은 스스로에게 묻고 있었다. 그런데… 남쪽 사람들 가운데 누가 다 죽어가는 김정일에게 표를 찍겠으며, 또 누가 이제 막 스물여덟이 된 김정은에게 표를 찍겠는가? …그러면 대체 월화수목금통일계획은 뭔가? 강철은 또 다시 생각의 길을 잃었다. 자신이 지금 무슨 짓을 하고 있는 지 혼란스러웠다. 그때 효식이 핸들을 꺾으며 말했다.

"우리 어디 가서 술 한 잔 하고 갈까요?"

그때서야 세 사람은 현실세계로 다시 돌아왔다.

"좋지요. 가요. 할 얘기도 많은데."

은경이 웃으며 맞장구를 쳤다. 효식이 운전하는 차는 신촌로터리를 지나 연대 쪽으로 이미 들어가고 있었다. 강철은 어린 시절 아현동 굴레방다리에서부터 고개를 넘어와 신촌대현파출소로 해서 시장까지 놀러 다니던 생각이 나 주변을 둘러보았다. 고작 징역은 1년 6월 밖에 살지 않았는데 꼭 16년을 산 것처럼 출소 이후엔 자꾸 보는 것 마다 옛날 생각을 하는 버릇이 생겼다. 강철은 고개를 저으며 은경을 쳐다보았다. 은경이 마주보며 웃어주었다.

2012년 1월 5일 목요일

2012년이 시작되었다. 마야의 달력에서 13번째 박툰이 끝나고 더 이상 인류도 시간도 존재하지 않는다는, 노스트라다무스가 세 번의 월식과 한 번의 일식이 있을 것이라던 인류 마지막의 해, 주역의 역사그래프 TIME OF ZERO에서 모든 것이 멈춘 종말의 시간, 제로의 2012년이 시작되었다.

　미국과 중국, 러시아의 실권자가 바뀌고 한국의 새 대통령이 나오는 2012년. 그러나 한반도에선 모든 것을 처음부터 다시 시작하는 것처럼 놀라운 사건으로 출발을 하고 있었다.

　"뭐야? 진짜로 발표하는 거야?"
　TV를 보던 효식이 짜증과 당혹감이 섞인 목소리로 강철을 보았다.
　그들의 월화수계획이 완성된다는 북의 강성대국 원년은 한국 교회에서부터 터져 나왔다.
　"다들 제 정신들이 있는 거야? 미친 거야? 아님, 역적들이야?"
　효식이 소리를 질렀다. 모든 매스컴에선 남북교회연합을 통해 북한이 완전히 열렸다고 계속 새해벽두의 톱뉴스를 내보내고 있었다.
　TV에선 한국교회 대표들과 북한 조선그리스도연맹 대표가 중국 베이징에서 공동성명을 발표하는 장면이 반복적으로 나오고 있었다. 강철이 보니 베이징 외곽의 차오양구에 있는 북한대사관 부근 작은 건물에 있는 북한식당 해당화 2층으로 보였다.
　"저런 곳에서 저런 발표문을 낭독하고 사진을 찍고 난리를 치다니…"

강철은 혼자 중얼거렸다.

"2012년 1월 1일부로 남과 북의 모든 교회들은 일체 단합하여 남쪽은 한국그리스도교회연합으로, 북쪽은 조선그리스도연맹의 이름으로 통합하고, 빠른 시일 내에 남과 북의 교회가 하나의 교회, 하나의 교단으로 대통합을 이룬다. 또한 2012년 1월 1일부로 조선민주주의인민공화국의 모든 영토 내에서 각 시, 군에 각각 한 교회씩 한국그리스도 교회연합 소속의 교회설립을 허락하기로 결정하였다. 이는 조선민주주의인민공화국의 위대하신 지도자 김정일 국방위원장과 조선노동당의 결단에 의한 결정임을 밝힌다. 또한 남조선 당국과도 사전에 합의를 했음을 아울러 밝힌다."

진짜 북의 문이 교회에 열린 것이다.

"독배를 마시는군. 저것이 트로이의 목마야. 저러다 김정일 위원장까지 예수 믿는다고 달려드는 거 아냐?"

효식이 말했다.

소설 ≪통일프로젝트≫의 출판을 며칠 앞둔 은경은 요새 거의 매일 강철과 효식과 함께 있었다.

"강철씨, 이건 조국통일민주주의전선의 부활입니다. 북조선민주주의민족통일전선이란 말 알지요?"

은경이 강철에게 준비해 온 듯 진지하게 말했다.

"그건 북이 자신의 목적을 위해 어떤 조직과도 먼저 연합전선을 펴고 후에 격파하는 통일전선 전술의 기원이라고 할 수 있는 거 아닙니까?"

"맞아요. 1946년 7월에 북한에서 조직된 북조선공산당 최초의 통일전선조직이 바로 북조선민주주의민족통일전선이었죠. 그리고 1948년 9월 북한정권이 수립되고 남쪽의 통일전선 조직인 민주주의민족전선과 북쪽의 북조선민주주의민족통일전선이 통합하여 1949년 6월 25일 결성한 조국통일민주주의전선이라는 통일전선전술조직의 선언서 내용과 일치하는 것이 바로 월화수목금통일계획이에요. 지금 모두 북에 속고 있는 것입니다. 이건 그들의 통일전선전술전략의 일환이에요."

은경이 확신에 찬 어조로 말을 했다.

"바로 그 선언서 내용이 미군철퇴, 유엔철수, 남북총선거 동시 실시, 남북정당사회단체에 의한 선거위원회 구성 등 12개 실천방안 명시였지요."

효식이 말을 이었다.

"바로 이것을 그대로 차용한 것이 월화수목금통일계획으로 알려진 남북한총선거입니다. 이건 그대로 전형적인 북한의 통일전선전략입니다. 절대 막아야 합니다."

은경과 강철이 효식을 쳐다보았다. 조국통일민주주의전선

이라는 통일전선전술조직의 선언서 원본은 아직 알려지지 않았기 때문이었다.

"2009년 월간중앙 4월호에 그 선언서가 남한에 살포되었던 그대로 공개 되었습니다. 읽어보았습니다."

효식이 설명을 했다.

"그렇다면 정말 중요한 것은 그 선거의 핵심이 총선이야? 아님 대선이야? 아님 지방선거야? 말하자면 무얼 해서 어디서 이겨서 정권을 잡겠다는 거야?"

강철이 물었다.

"그것을 우리는 대선으로 봐. 직접 통일 대통령 선출이지. 함께 총선, 지방선거까지 하겠지."

효식이 간단하게 말했다.

"총선으로 가면 내각제를 하자는 거고, 대선으로 가면 대통령제가 되는 거지."

강철이 곰곰이 생각에 잠긴 표정을 지었다.

"아마도 그땐 꼼수는 안통할거예요. 어쨌거나 전 국민의 과반수 이상을 자신의 편으로 끌어들이는 자가 승리하는 거예요. 다른 수는 모두 꼼수예요."

은경이 말을 받았다.

"지금 남쪽은 국회의원이 299명이야. 그중 지역구가 245명이고, 비례대표가 54명이야. 그런데 북쪽은 남의 국회의

원에 해당하는 임기 5년의 최고인민회의 대의원이 687명이
지. 그것도 처음 1948년엔 360명으로 시작되었다가 현재 11
기까지 687명이 된 거야. 전부 통일 후를 대비하여 협상력
을 높이기 위해 인구에 비해 수를 월등히 높여 놓았어."

효식이 설명을 이었다.

"그리고 남쪽은 1개의 특별시, 6개의 광역시, 8개의 도, 1
개의 특별자치도, 이것이 16개의 광역지방자치단체가 되고,
69개의 자치구, 75개의 자치시, 86개의 군이 230개의 기초
지방자치단체가 되어 있어. 그리고 남쪽은 현재 북을 헌법
상 자국 영토로 분류하고 광복당시의 5개의 도, 13개의 시,
84개의 군만 인정하고 있고."

"그렇지만 현재는 전혀 다르잖아요?"

은경이 물었다.

"맞아요. 현재의 북쪽은 전혀 다릅니다. 현재 북은 1개의
직할시, 1개의 특별시, 9개의 도, 168개의 시, 군, 3,658개의
리가 있습니다. 읍은 현재 행정명칭일 뿐입니다. 그리고 신의
주특별행정구, 금강산관광지구, 개성공업지구가 있습니다."

효식이 많은 조사가 있었던 듯 꿰고 있었다.

"그것 역시 북쪽에서도 오래전부터 통일 후를 대비하여
지속적으로 남에 대응하고 오히려 능가하는 조직적 총량을
키워 왔어. 역시 전부 월화수계획과 상관관계가 있는 거야.

월화수계획은 분명히 오래전부터 면밀하게 준비되어온 북의
통일전선전략이야."

강철이 오랜 생각 끝에 나온 듯 단정했다.

"효식아, 1990년 최고인민회의 제9기 1차 회의 시정연설
에서 당시 김일성 주석이 제시한 조국통일 5개 방침이 뭔지
알지?"

"음… 그러니까… 평화환경조성, 남북한간 자유왕래, 전면
개방, 국제환경조성… 전민족통일전선구축… 그랬던 것 같
은데…"

"맞아. 그 중 가장 중요한 것 하나가 바로 남북자유왕래
야. 그리고 그것이 전민족통일전선구축이라는 대남전략전술
의 핵심이야. 전형적인 통일전선. 그것들이 김일성 주석의 조
국통일 5개 방침의 핵심이라고."

"그러니까 교회가 지금 그것을 한다는 거 아냐? 그것이 바
로 월화수계획이고."

효식이 신경질적으로 말했다.

"아니죠. 이미 했죠. 지금. 오늘 아침에."

은경이 냉소했다.

"그러면 대체 '천지'는 누구야? 제3의 김일성 핵심 추종자
인거야? 전혀 의외인 비밀의 인물?"

효식이 눈살을 찌푸리며 말했다.

그때 은경이 갑자기 생각난 듯 물었다.

"강철씨, 일본에서 쓰는 교회의 일본교단 명칭이 뭔지 아세요?"

강철은 정신이 깬 듯 은경을 쳐다보았다.

"일본그리스도교단이지요. 일본에는 교단이 하나뿐이에요. 전부 그 교단으로 옛날에 국가에서 통합을 했지요."

"그런데요?"

"북한에서는 교회의 교단 명칭이 뭔지 아세요?"

"조그런이지요."

"맞아요. 조선그리스도연맹입니다."

"그러면 이번에 아까 발표한 한국연합교단의 명칭이 뭔지 기억해요?"

"음… 아까… 한국그리스도교회연합이라고 하는 것 같더군요."

"맞아요. 뭔가 이상한 냄새가 나지 않아요?"

그러자 효식이 자신도 궁금한 듯 물었다.

"왜 그리스도교라고 했지? 한국은 기독교라고 하는데, 일본이나 북한식으로 이름 자체도 따라간 거잖아? 이건 뭐…"

효식은 못마땅한 듯 연신 인상을 찌푸렸다.

"지금 남북 교회 통합도 결국은 북한 주도로 이루어진 거예요. 아니, 이걸 정부에서도 허락을 했다는 거 아니에요?"

은경이 강철을 쳐다보자 효식이 자리에서 일어났다.

"MB가 교회 장로 아냐? 그럼 다 끝난 거지 뭐. 나라가 걱정이다. 이제 다 뚫리는 거야."

효식은 자리를 뜨려는 듯 강철의 오피스텔을 나서려고 했다. 요즘은 강철의 광화문 오피스텔이 자연스레 세 사람의 아지트가 되고 있었다. 효식의 신문사도 바로 옆이었고, 은경 역시 상대하는 출판사가 인사동에 있어 종로행이 잦았기 때문이었다.

강철은 같은 크리스천으로서 현재 교회 안에서 진행되고 있는 작금의 상황들에 심정적으로 대처하기가 어려웠다. 무엇보다도 비밀리에 진행이 되고, 그 의도가 어디까지인지가 명확하지가 않았고, 또한 그 모든 내용들을 주도하는 자가 누구인지 명확치가 않았다. 북의 김선호 대사의 말처럼 진실로 그 실체가 베일에 가려진 '천지'라면 문제는 더 심각해지는 것이었다. 강철은 이런 모든 일에 뭔지 모를 불순한 의도가 숨겨져 있다는 의구심을 떨쳐버릴 수가 없었다.

"그런데… 그리스도교라는 말은 사실 틀린 것은 아니야. 본래 기독교라는 말이, 중국인들이 그리스도교를 중국어로 발음하여 지도우챠우라고 했고, 그것을 음역하여 쓴 한자가 基督敎였어. 基督敎로 쓰고 그것을 지도우챠우라고 읽고 그것은 CHRISTIANITY라는 외래어의 중국식 표현이었던 거

지. 그것을 한국인들이 사실은 전혀 의미도 없는 한자어 基
督敎를 그대로 한국식으로 기독교로 읽은 거지. 그것이 그
리스도교를 중국인들이 자기들 글로 그렇게 쓴 건데… 그래
서 아직도 그리스도교가 한국에선 기독교가 되었어. 일본
도 옛날엔 그리스도교를 한자어 基督敎로 쓰고 기도크교우
로 읽다가 이젠 한자어 없이 그대로 히라카나나 가다카나
로 그리스도교로 쓰고 그대로 읽어. 그런데 아직 한국의 개
신교에서만 基督敎를 한국식으로 그냥 기독교라고 하는 거
지. 세계의 모든 교회는 다 그리스도교라고 해. 북한까지도
1999년까지는 조선기독교도연맹이라고 하다가 1999년 조
선그리스도연맹으로 개칭을 했어. 그래서 오직 한국에서만
그리스도교가 한국개신교의 고유명사처럼 기독교가 된 것
이고, 그것은 어떻게 보면 아예 다른 종교를 하나 만든 거지.
기독교라는 정체불명의 한국개신교회로."

　강철은 자신도 모르게 기독교의 어원을 설명하고 있었다.

　"뭐야? 그럼 기독교가 그리스도교의 중국식 표기인데 한
국에선 그것을 그대로 아무 뜻도 없는 기독교로 하고 있다
는 거야? 진짜 개독교스럽다."

　효식이 열을 올리자 강철이 눈살을 가볍게 찌푸렸다.

　"아무리 그래도 강철씨 앞에서 좀 심하신데요?"

　은경이 웃으며 분위기를 바꾸었다.

"그런데 그거 좀 더 설명해 주실 수 있으세요?"

은경이 정말 궁금한 듯 강철을 쳐다보았다.

"그리스도란 '기름을 부음 받은 사람'이란 뜻의 그리스어이고, 이는 선택받은 왕이나, 제사장, 예언자를 말하는 것이었어요. 예수가 그 그리스도로 불려 졌고, 예수를 따르는 자들을 그리스도인, 그 모임체를 그리스도교, 중국인들은 한문으로 基督敎라고 한 것이죠. 그 집회를 교회, 즉, CHURCH라 했고, 교회는 예루살렘교회에서부터 시작되어 로마의 국교가 되었죠. 그것이 한국에선 천주교로 불리는 로마교회라고 했는데 영어로는 THE ROMAN CATHOLIC CHURCH라고 해요. 로마의 보편적인 교회라는 뜻이지. 후에 동로마의 콘스탄티노플 교구가 로마교회의 형상숭배에 반대하여 동방정교회, 영어로는 THE EASTERN ORTHODOX CHURCH, 다시 말하면 '동방의 정통적인 교회'라는 뜻으로 독립했던 겁니다. 그것이 나중에 루터 등이 로마교회에 반대하여 '이의를 제기하는 교회'라는 뜻의 THE PROTESTANT CHURCH를 세운 것이고, 현대에 와서 그 어느 곳에도 뿌리를 두지 않은 자생 그리스도교인 오순절교회, 영어로는 THE PENTECOSTAL CHURCH나 독립교회가 세워진 겁니다. 후에 영국에선 성공회라는 단일국가교회로 독립했고, 러시아는 러시아정교회, 그리스는 그리스정교회, 미국은 침례교, 장로교, 감리교 등의 개신교회가 모였고, 일본은 일본그리스도교단이란 국가단일교단으로 독립했고, 중국도 국가단일교단인 삼자교회로 독립했고, 북한 역시 조선그리스도연맹이란 국가단일교단으로 운영 중이죠. 이 모든 것을 합쳐서 그리스도교라고 부르는 것입니다."

강철이 간략하게 설명을 했다.

"그러면 우리나라도 이제 결국 국가단일교단으로 독립하는 것이 되는 거네요?"

"그것은 사실 모든 한국 크리스천들의 희망이었지요. 그것만 본다면 지금의 교회통합은 잘 된 일입니다."

"그런데 왜 강철씨는 반대를 하죠?"

"그것을 반대하는 것이 아니라 저는 그 다음의 비밀스런 결과에 대한 우려 때문입니다. 아무래도 순수한 종교적 목적이 아니라 뭔가 정치적이고 정략적인 냄새가 난다는 것이죠."

"아직 그 결과를 예단하긴 어렵잖아요?"

"너희가 믿는 하나님의 섭리라는 것일 수도 있잖아? 결국 좋은 쪽으로…"

효식도 끼어들었다.

"효식아, 너도 북쪽 사람들의 전략적 수행능력을 잘 알잖아? 그들은 프로야."

"남쪽 사람은 뭐 순진한가요? 사실은 그렇지 않아요. 전 세계에서 통하는 한국인들의 능력이 있어요. 거기에 교회는 더 출중하지 않나요? 한국 교회 사람들이야 사실 세계에서 누구하고 부딪혀도 이길걸요?”

은경은 사실 불가지론자였다. 그렇지만 지금의 얘기는 교회에 대한 묘한 빈정거림처럼 들렸다.

강철은 요즘 뭔지 모를 자괴감에 깊이 빠져들고 있었다. 세상은 급박하게 바뀌고 있었고, 북의 문은 그동안 온 국민이 바래왔던 개방의 꿈이 현실이 된 것처럼 누가 봐도 놀랄 만큼 열리고 있었다. 이 모든 변화에서 강철은 자신만 뒤떨어지고 소외된 것 같은 묘한 슬픔 같은 것을 느꼈다.

10. 교회의 역할

북쪽에서의 교회 설립 속도는 놀라울 만큼 빨랐다.

평양에 두 개, 라선특별시에 하나, 평안남도엔 남포특급시에 하나, 도청소재지인 평성시에 하나, 그리고 개천시 등 시에 4개, 항구 구역, 와우도 구역에 두 개, 청남구, 득장지구, 운곡지구에 3개, 강서군 등 군에 19개, 그렇게 해서 총 30개, 자강도엔 도청소재지인 강계시에 하나, 만포시, 회천시에 두 개, 고풍군 등 군에 15개, 이렇게 모두 18개.

황해남도엔 도청소재지인 해주시에 하나 강령군 등 군에 19개, 그렇게 해서 총 20개, 평안북도엔 총 25개, 량강도엔 총 12개, 황해북도엔 총19개, 강원도엔 총 17개, 함경남도엔 총 21개, 함경북도엔 총 22개, 그렇게 해서 1단계로 북쪽 전 지역에 시, 군 단위 이상에 각 하나씩 187개의 교회를 동시 다발적으로 일시에 건축하고 있었다.

남쪽의 한국그리스도교회연합에 소속된 교회들 중 출석 교인 5,000명 이상인 교회에서 각 1개씩의 교회를 책임 맡아 건축, 설립하고 있었다. 그동안 아주 오랫동안 준비가 되었던 듯 모든 것이 일사천리로 진행되고 있었다. 마치 잘 훈련된 군대의 치밀한 작전과도 같아 보였다.

개성과 일산 사이에 있는 파주시가 그 교회개척의 베이스캠프역할을 감당 하고 있었다. 마치 초기의 개성공업지구처럼 새롭게 남쪽의 경기도 파주시와 북쪽의 황해북도 장풍군을 바로 이어서 모든 건축자재와 어마어마한 인원들이 파주에서 문산으로 해서 임진강을 건너 장풍으로 바로 들어가고 있었다.

옛날 노무현 대통령 때에 잠깐 신도시 개발의 바람이 불었다가 시들해졌던 파주시가 새롭게 남북교류의 센터가 되고 있는 중이었다. 그 인적, 물적 자원의 교류 총량이 개성이 상대가 되지 않을 정도로 완전한 관문 역할을 하고 있었다. 북한은 바야흐로 개방의 길을 들어가고 있었던 것이다. 그 통로는 교회였다. 사실 아무도 예측하지 못했던 길이었다.

그러나 문제는 '천지'였다. 그 공동 발표문 낭독 현장에서도 모습이 보였던 북한선교센터의 소장 정오정 목사의 얘기처럼 이 모든 북쪽의 결정 파트너는 김정일 위원장이 아니라 '천지'라고 했다. 강철이 보기에는 모두가 꼭 얼음판 위를 가고 있는 모습처럼 보였다. 아슬아슬하기가 짝이 없었다.

처음 금강산 관광길을 열고 정몽헌 회장이 자살하고 지금은 모두 문을 닫고 있는 금강산의 현대가(家) 처럼 저들의 앞날이 어렴풋하게 보이는 듯 했다. 이 모든 상황들을 정리해보면 현재 북의 내부는 심각한 요동의 한가운데 있는 것이 분명해 보였다. 혹, 베일 속의 '천지'의 존재가 사실이라해도 밖으로 드러나기 전에 수면 밑에서 다시 김정일이나 그 일가에게 제거되어 사라질 수도 있는 법이었다.

그렇다면 지금 교회의 저 어마어마한 모든 인적, 물적 자원은 그대로 북의 수중에 다시 떨어지고 말게 될 것이었다. 그렇게 된다면 그 피해자는 고스란히 남쪽의 교회와 그 성도들, 그리고 대한민국이 될 것은 뻔한 일이었다.

마침 그때에 은경의 《통일프로젝트》가 시중에 출판되어 모든 서점가에 깔리기 시작했다. 예상대로 엄청난 반응이 나오고 있었다. 은경은 현재 여기까지의 모든 내용을 그대로 전부 소설 속에 써내고 있었다. 무엇보다도 적화통일계획인 월화수목금통일계획과, 북의 베일에 가려진 현재의 실권자 '천지'의 존재까지도 있는 그대로 썼다. 현재 김정일은 '천지' 의 꼭두각시라고 까지 표현한 것이다.

남북 간의 교회교류에 일대 찬바람이 덮쳤다. 그것은 해일 급이었다. 그러나 그것은 그들의 일일 뿐이었다. 강철도 은경의 주장에 100% 동조했다. 비밀은 없어야 했다. 그래야 책임 있는 행동이 나오는 법, 그리고 그 결과 역시 책임 있는 열매가 나오는 법이었다.

은경은 막상 소설이 발표되고 나자 어디서 그런 힘이 나오는 지 막강한 여전사가 되어가고 있었다. 연일 인터뷰다 토론이다 하면서 각 매스컴에 얼굴을 내밀고 있었다. 그녀의 소설에 대해서는 극명하게 찬반의 반응이 나타났다.

강철은 은경에게 미안했다. 마치 자신은 그늘 속에 숨고 험한 곳에 은경을 내보낸 것 같은 이상한 감정에 빠졌다. 그래도 할 것은 해야 했다. 은경은 강철을 만나기 전부터 이미 ≪통일프로젝트≫를 집필하고 있었다.

그것은 그녀의 일이었던 것이다. 마침 그때 장효식 기자에게서 전화가 왔다.

"강철아, 내일 아침 신문 봐라. 내가 오늘 다 터뜨렸다. 이건 아니다. 그냥은 못 가."

그리고는 더 말없이 전화는 끊겼다.

계속된 의문의 죽음! 의문의 실종사건! 의문의 월북 사건!

1면 톱으로 오른 효식의 기사였다.

국민의 정부, 참여정부 통일문제 전문 요직인사들 연이은 죽음, 실종, 월북!

비밀리에 취재하던 대한일보 박지훈 기자 교도소에서 의문의 죽음!

지금 남북에서 동시에 비밀리에 진행되고 있는 적화통일 프로젝트의 암호명 '월화수목금통일'

베일에 가려진 북의 실권자 암호명 '천지'

'천지'에 놀아나고 있는 한국교회의 목사들!

비밀리에 진행된 북의 쿠테타 성공?

놀라운 내용들이었다. 강철은 등 뒤로 식은땀이 주르르 흐르는 것을 느꼈다.

저녁에 강철은 은경, 효식과 함께 충무로 뒷골목의 선술집에 자리를 마주했다. 이제 더 이상 세 사람은 평범한 사람들이 아니었다. 어제 오늘 한국에서 뉴스의 최고 중심에 들어가 있는 사람들이었다. 모두 눈에서 긴장한 티가 역력했다.

셋은 서로 웃어주며 막걸리를 한잔씩 돌렸다. 그들은 한동안 서로 말이 없었다.

오랜 침묵을 깨고 강철이 먼저 말을 꺼냈다.

“맞아… 잘했어… 둘 다…”

“……”

강철은 평소에는 안 먹는 술이었지만 단숨에 한잔을 입에 부어 넣고는 효식에게 따라 주었다.

“수고했어.”

“생각보다 세던데요?”

은경이 효식을 보고 웃었다.

“은경씨도 난리던데요? 대단하세요. 역시 김은경입니다.”

효식이 은경의 말에 마음이 좀 가벼워졌는지 농담을 했다.

“지금 ‘천지’는 남쪽에 딴 것은 다 닫아 놓고 교회에게만 살짝 문을 열어서 자기들이 필요한 것만 싹 빼가는 거야. 꼭 드라큘라가 피만 쪽 빼먹는 것과도 같아. 교활하게 말이지. 거기에 교회목사들과 MB장로가 다 대주는 모양새고. 막아야 했어.”

효식이 차분한 목소리로 말했다. 그 속에서 어딘지 모를 냉기가 배어나왔다. 효식의 모습은 모든 것을 뛰어 넘은 모습이었다. 언젠가 강철이 만났던 북한선교센터 정오정 목사에게서도 느꼈던 바로 그러한 냉기였다. 강철은 흠칫했다.

“오늘 술은 제가 살게요. 인세가 좀 있거든요.”

은경이 분위기를 바꿔보려는 듯 예의 그 허풍스런 톤으로 말했다. 어깨를 움쩍거리는 모습이 언제보아도 꼭 들뜬 소년

같았다.

강철은 그녀의 모습에서 다시 한 번 어떤 일에도 이겨낼 것 같은 묘한 신뢰감을 느꼈다. 강철이 은경에게 처음으로 술을 한잔 따라 주었다.

"웬일로 오늘은 강철씨가 술을 드시네요?"

은경이 놀리듯이 말했다. 그러나 굉장히 기분이 좋아보였다. 마치 어린 시절 같이 학교에 지각을 했던 친구와의 묘한 연대감 같은 거랄까? 그런 것 같았다.

"앞으로 어떻게 할 거예요?"

강철이 은경에게 물었다.

"뭘요? 그들은 그들의 일을 하고 저는 저의 일을 하고… 또 효식씨는 효식씨의 일을 하고… 또… 강철씨는 강철씨의 일을 하고… 목사님들은 목사님들의 일을 하시고…"

은경이 웃었다.

"정답입니다."

효식이 활기차게 대꾸했다.

"CHEER UP !"

"부라보우!"

"GOOD!"

세 사람은 건배 했다.

강철은 어제 밤 안 먹던 술을 마시고 깊은 잠에 골아 떨어졌다. 아침이 멀리 있었다. 창문 너머로 광화문 광장의 소음이 마치 어렴풋한 꿈처럼 들렸다. 초록색 브라인드 사이로 햇살이 끊어져 들어왔다. 긴 그림자가 마치 하나의 그림 같았다. 진동으로 해 놓은 전화에서 드르륵 소리가 났다.

강철은 어젯밤 은경의 모습이 참 좋았다고 생각했다. 그녀에겐 묘한 에너지가 있었다. 그리고 그것은 다른 사람을 전염시키기도 했다. 그리고 그녀에겐 뭔지 모를 들뜬 것 같으면서도 신뢰감 같은 것이 있었다. 강철은 이 전화가 은경이었으면 좋겠다고 생각했다.

"여보세요.."

역시 은경이었다. 강철은 오늘은 좋은 날이기를 바랬다.

"강철씨. TV 켜보세요. 효식씨가 죽었어요."

강철은 꿈인가 했다.

"…………"

"빨리 TV 켜보라니까요? 장 기자가 죽었다니까요!"
은경은 절규하고 있었다.

강철은 떨리는 손으로 TV를 켰다. 다급한 기자의 멘트가 나오고 있었다.

"대한일보 장효식 기자가 오늘 새벽 종로1가 식당가 뒷골목에서 둔기로 머리를 얻어맞은 채 변사체로 발견되었습니다. 어제 북한의 성공한 구테타설을 특종 보도했던 장효식

기자는 어제 저녁 친지들과 식사를 하고 귀가하던 도중 누구에겐가 정치적 목적의 보복성 살해를 당한 것으로 추정됩니다."

강철은 숨이 막혔다. 어제 밤 12시 조금 못되어 충무로에서 은경이 먼저 택시로 들어가고 효식은 광화문 강철의 숙소까지 걸어와서 그 입구 엘리베이터 앞에서 헤어졌는데 효식의 죽음이라니. 강철을 마지막으로 배웅하고 엘리베이터 문이 닫힐 때까지 웃으며 손을 흔들던 효식의 모습이 그가 본 마지막이었던 것이다.

강철은 가슴이 터질 것 같았다. 눈앞이 아른거렸다. 강철은 은경에게 급하게 전화를 했다.

"은경씨, 지금 어디에요?"

"집이에요."

은경은 떨리는 작은 목소리로 대답했다. 공포감이 역력했다.

"빨리 이리로 오세요. 택시 타지 마시고, 차 가지고 오세요. 아니, 제가 갈게요. 문 잠그고 가만히 계세요. 제가 갈 때까지. 제가 갈게요… 제가 갈게요…"

강철은 급하게 일어나 문을 박차고 나왔다.

11. 여류작가를 보호하라.

강철은 급하게 차를 몰았다.

갈 곳은 양평의 시골교회 밖에 생각이 나질 않았다. 아버지 이문수 목사의 온화한 얼굴이 떠올랐다. 강철은 며칠만이라도 서울을 떠나 있어야겠다고 생각했다. 엘리베이터 앞에서 마지막으로 손을 흔들던 효식의 모습이 눈앞에 자꾸 어른거렸다.

"괜찮아요?"

강철은 가만히 뒷좌석에 앉아 앞만 뚫어지게 보고 있는 은경에게 물었다.

"지금 어디로 가는 거예요?"

은경이 조용히 말했다. 미세한 떨림이 느껴졌다. 강철은 룸

미러로 은경을 한번 보고는 속도를 줄였다.

"양평에요. 제 아버님 교회가 있어요."

은경은 룸미러로 강철과 눈을 맞췄다. 괜찮겠느냐는 표정이었다.

"아마도 거긴 안전할 겁니다. 잠깐이라도 이 순간 서울을 좀 떠나 있어야 할 것 같습니다."

"그래요."

은경은 알아들었다는 듯 고개를 한번 끄덕여주고는 창밖을 보았다. 이제 막 해가 떠오른 겨울 아침의 냉기가 한강의 넓은 물 길 위로 오르고 있었다. 군데군데 눈과 얼음의 얼룩이 겨울 산의 마른 가지들과 어울려 한 장의 그림을 만들고 있었다. 쓸데없이 너무 멋지고 한적한 한강의 모습에 은경은 계속 창밖에 얼굴을 대고 있었다. 이대로 그냥 쭉 갔으면 했다. 이 길은 옛날 경태와 스케치여행을 위해 곧잘 지나던 길이었다.

하지만 지금은 어느덧 자신도 모르는 사이에 그녀는 운동가가 되어가고 있었다. 그것도 통일운동가. 하지만 마치 통일을 반대하는 골수 우파 선동가와 같은 모습으로 급조되어지고 있었다. 오히려 좌우, 남북, 교회 등의 모든 쪽에서 동시에 배척되어지는 묘한 형국이었다.

은경은 그만큼 위험했고, 동시에 보호막 또한 없었다. 오직 강철만이 그녀에겐 지금 피할 언덕이 되어줄 뿐이었다. 이것은 은경이 어설픈 운동가임을 다시 한 번 설명하는 행동에 다름이 아니었다. 은경은 순진한 작가일 뿐이었다.

"어제 효식씨와는 어떻게 된 거예요?"

은경이 참았다는 듯이 물었다. 강철이 잠시 생각을 하는 듯 숨을 몰아쉬었다.

"어제 은경씨와 헤어지고 효식이와 저는 제 숙소까지 같이 걸어가서 엘리베이터 앞에서 헤어졌습니다. 문이 닫힐 때까지 손을 흔들어 저를 배웅했는데… 그것이 마지막이었습니다. 그리고는 택시를 잡으러 골목길을 빠져 나가다가 당한 것 같습니다."

"그럼 누군가 그때를 기다렸다가 효식씨에게 못된 짓을 한 것이 분명하군요."

"그런 것 같습니다."

"아까 뉴스에서는 바로 정치테러라고 단정을 하던데…"

"당연하겠죠."

"왜요?"

"지금 언론에선 정치 쪽을 벼르고 있어요. 너무 위험한 거죠. 보호막을 쳐주질 않아요."

"다들 지금 너무 비밀이 많아요."

은경이 동감하는 듯 대꾸를 했다.

“남이나 북이나 지금 다 그럴 여유들이 없어요. 지금은 사실 최근 100년 이래 가장 중요한 변혁의 시기에, 그것도 이미 그 정점에 와 있어요. 모두들. 최고로 긴장상태입니다.”

강철은 말을 덧붙였다.

“거대한 지각판이 부딪혀 그 폭발하는 사이에 지진대가 만들어지는 것처럼, 한반도는 거대한 대륙의 에너지와 대륙 밖의 에너지가 지금 한곳에서 만나고 이제 막 폭발 직전이지요. 우리가 무게 중심을 잘 못 잡으면 모두 터집니다. 우리 땅에서 또 터지는 거예요. 지금 물 밑에선 모두들 피 터지는 전쟁 중입니다.”

“맞아요. 그건 남북만이 아니라 모든 세계 권력들의 암투예요. 다들 자신들의 카드로 쓸 수 있는 곳이지요. 지금 이곳 한반도가 말이에요.”

“그 사이에 지금 우리 둘도 끼었군요.”

강철이 멋쩍게 웃었다.

“그렇네요. 그것도 아주 위험하게…”

은경이 중얼거렸다.

어느새 둘은 양평을 지나 37번 도로를 타고 유명산 기슭으로 들어가고 있었다.

“아버님은 어떤 분이세요?”

은경이 갑자기 생각난 듯 정색을 하고 물었다.

"저에겐 둘도 없이 좋으신 분이십니다. 제가 아는 한 최고의 목사님이세요."

"정말요?"

은경이 웃었다.

"우리 둘을 보호해 주실 만큼은 좋으신 분이세요. 그건 믿으셔도 좋아요."

강철도 따라 웃으며 말을 고쳤다.

어느새 점심때가 되고 있었다. 강철과 은경은 마치 시골의 고향집에 다니러 가는 젊은 부부와도 같은 모습이었다.

유명산은 용문산에서 북서쪽으로 내려온 능선 끝에 솟아올라 그 정상에서 북쪽 설악면으로 흐른 계곡은 청평호로 이어지고 북서쪽으로 흐른 계류는 양평으로 해서 북한강으로 흘러든다. 기암괴석과 울창한 나무들과 맑은 물로 잘 알려진 유명산 기슭에 자리 잡은 이문수 목사의 교회는 강철에겐 언제나 아름다운 꿈이었다.

오늘은 특히 은경과의 동행이라 더욱 그랬다. 강철은 은경과의 동행이 싫지 않았다. 당대의 지성인 김은경 작가와의 개인적 유대가 강철에겐 아주 특별한 경험이었다.

"어서들 오게나."

아버지 이문수 목사의 반가운 소리가 둘을 각자의 정신으로 돌아오게 했다.

“아버님, 잘 계셨어요?”

“안녕하세요?”

은경도 공손히 인사를 하고 자리에 앉았다. 시골의 권사님들이 두 사람을 반가이 맞았다. 미리 강철로부터 연락을 받은 듯 이문수 목사는 은경을 맞이할 준비를 한 터였다.

“요새 큰일들을 하느라 정신이 없지요?”

이 목사가 은경에게 긴장을 풀어주려는 듯 짐짓 먼저 말을 걸었다.

“나도 김 작가의 책은 몇 권 읽어봤어요.”

“아, 네…”

“얼마 전 나온 그 《통일 프로젝트》도 읽었어요.”

강철은 은경과 동시에 이 목사를 쳐다보았다. 사실 강철은 《통일 프로젝트》를 읽기 전까지는 은경의 책을 한권도 읽어보지 못했었다. 들어서 알고는 있었지만 취향이 다르다고 생각하여 신문지상에 소개된 정도로만 알고 있을 뿐이었다. 그런데 노인이신 아버지 이 목사가 은경의 책들을 읽어보았다는 사실은 강철이 놀라기에 충분했다.

“네, 영광입니다.”

역시 은경이 공손하게 말했다. 은경은 이 목사에게서 돌아가신 아버지를 보고 있었다. 이문수 목사는 아버지와 너무도 똑같았다. 처음 본 순간 은경은 놀라 들고 있는 것을 떨어뜨릴 정도였다. 은경의 눈에 어느 순간 눈물이 고였다. 은경이 이상히 쳐다보는 강철을 보며 어색하게 말했다.

"제 아버님과 너무 똑같으세요."

"아… 그래요?"

"저희 아버님은 선생님이셨어요. 중학교 윤리선생님이요."

이 목사를 쳐다보며 은경이 말했다.

"그러세요? 지금은 어디에 계십니까?"

이 목사가 조심스레 물었다.

"네. 얼마 전에 돌아가셨어요. 목사님 뵈니까 아버님 생각이 나서요. 죄송합니다."

이 목사가 측은한 듯 물끄러미 은경을 보다가 말을 돌렸다.

"그래요. 아까 전화로 철이에게서 대충 얘기는 들었습니다. 지금 위험한 상황이라고요? 이해합니다. 여긴 그래도 안전한 곳이니까 편안히 있어요. 저기 권사님들이 자리를 마련해 주실 겁니다. 여긴 옛날부터 세상에서 도망 오면 누구나 공짜로 숨겨 준다고 소문난 곳이니까 아무 걱정 말고 쉬어요. 여기 숨어있다 지금 요직에 앉은 사람들 많아요."

이 목사는 은경을 보고 웃어 주었다.

"네."

은경도 같이 웃었다. 목사님은 저렇게 웃는 모습까지도 아버지와 너무도 닮아 있었다. 은경이 국문과 교수로 있던 경태와 이혼하고 난 후 몇 달 안 되어 위암으로 돌아가신 아버지에 대하여 그녀는 그 후 항상 죄의식이 있었다. 마치 자신의 이혼충격으로 아버지가 돌아가신 것처럼, 은경은 지금도 마음에 걸려 괴로워하며 지내고 있었다.

그런 아버지와 강철의 아버지 이 목사가 너무도 닮아있는 것이었다. 은경은 말할 수 없는 안도감을 느꼈다. 마치 여기가 자신의 친정집과도 같이 느껴졌다. 은경은 강철을 물끄러미 쳐다보았다. 거기에는 한 살 아래인 강철이 큰 나무로 자신 앞에 서있었다.

"일단 묵을 방에 가서 좀 쉬었다가 저녁 먹을 때 같이 보지요."

강철이 동의를 얻으려는 듯 이 목사를 쳐다보면서 은경에게 말했다.

"응. 그래요. 가서 좀 쉬어요."

이 목사가 두 사람에게 말하고는 서재로 들어갔다.

작은 오솔길을 따라 약간 떨어진 별채로 가며 강철은 은경을 쳐다보았다.

"괜찮아요?"

"네. 아버님이 정말로 좋으시네요. 부러워요."

강철은 넘어지려는 은경의 손을 잡아주며 편안하게 말했다.

"숙소에는 할머니 권사님들이 몇 분 같이 계실 거니까 걱정 말아요. 저는 아버님과 함께 있을게요. 그 방은 제 누나가 오면 기거하는 곳이기도 해요."

강철은 멋쩍게 웃었다.

"강철씨는 애인 없어요?"

뜬금없이 은경이 강철을 보고 물었다.

"애인요?"

강철이 놀란 표정으로 쳐다보았다.

"애인? …있어요 … 그런데 제 눈에만 보이지요."

"지금 유행가 했지요?"

"후훗…"

두 사람이 어색하게 웃었다.

강철이 짐을 가지고 문을 여는 사이 별채 안에서 권사님들이 반갑게 나오며 맞았다.

"아이고, 귀한 색시 어서 들어와요."

"권사님 여기 이 색시 잘 좀 부탁드려요."

강철이 웃으며 말했다.

"네. 전도사님. 걱정 마세요."

60살이 좀 넘어 보이는 시골 할머니들이었다.

“전도사님이세요?”

은경이 재미있다는 듯 강철을 보고 웃었다.

“네. 그렇게 부르지 마시라 해도 여기 오면 꼭 그렇게 부르시네요.”

“전도사님 맞지요. 말이야 바른 말이지. 목사시험엔 떨어졌으니까.”

은경이 짓궂게 말을 받았다.

“아닌데…”

강철은 말을 얼버무리며 이 목사가 있는 본당으로 향했다. 가다가 은경을 뒤돌아 보며 소리쳤다.

“있다 저녁 식사시간에 봐요.”

12. 믿음의 뿌리

단출한 저녁 밥상에 마주앉은 이문수 목사가 은경에게 말했다.

"김 작가. 요즘의 한국교회를 너무 타박하지 말아요."

"……?"

은경은 식사를 하다가 음식을 급하게 삼키고는 이 목사를 쳐다보았다.

"≪통일 프로젝트≫ 읽어 보았어요."

"아, 네, 감사합니다."

"사실 한반도가 살고 북한이 살고 7,500만 우리 민족이 사는 길은 북한이, 특히 김정일 위원장이 예수를 믿어야 하는 길 밖에는 다른 길이 없어요."

갑작스런 이 목사의 말에 강철이 오히려 당황하여 은경을 쳐다보았다.

"아버님, 그렇긴 하지만 지금의 방식들은 이상해요. 모든 것이 순수하지가 않고 비밀스럽고 뭔가 정치적 흑막이 있어요. 그리고 아버님도 잘 아시듯이 북이 지금 남의 교회를 이용하고 오히려 교회만 선별하여 남남의 종교 갈등까지 유발하여 다시 한 번 이용하고 있습니다."

강철이 대신 답했다.

"맞아요. 아버님. 저는 북의 신앙을 문제 삼은 것이 아니라 월화수목금통일이라는 그들의 비밀계획을 문제 삼은 것입니다. 그 안에 그들의 전통적인 통일전선전략이 숨겨져 있다고 보았으니까요."

은경이 말했다.

"그건 나도 잘 안다. 하지만 그것까지도 하나님이 제대로 활용하실 수 있으실 거다. 나는 믿는다."

"아버님, 이건 믿음의 문제가 아닙니다. 7,500만의 운명이 걸린 문제입니다."

강철이 말했다.

"지금 북한은 39년 연속 최악의 인권탄압국으로 국제인권감시단체에서 지목하고 있습니다. 작년까지만 해도 북에는 50만 명의 지하교인이 있었고요, 그중에 7만 명이 오직 예수를 믿는다는 그 이유만으로 체포되어 수용소에 갇혀 있었습니다."

은경이 수치까지 대며 설명을 했다.

"아버님, 지금 김정일 위원장의 건강은 최악입니다. 앞으로 건강이 어떤 식으로 진행되든 그것은 급변사태로 이어집니다. 시간은 많아야 2년 밖에 없다고 봅니다. 더하여 중국은 지금 북을 동북공정을 통해 대륙에 편입시키려 하고 있습니다."

강철이 말을 이었다.

"이런 급박한 상태에 처한 그들이 지금 남쪽을 이용하여 마지막 카드를 쓰고 있습니다. 몇 년 전 부터 치밀하게 준비된 적화통일계획입니다. 지금 한국 교회가 제일 앞장서서 그들에게 이용당하고 있는 것입니다. 아버님."

은경이 단언하듯 말했다.

"맞다. 다 맞아. 그렇지만 나는 자식을 키워봐서 안다."

두 사람이 이 목사를 동시에 쳐다보았다.

"자식을 기도로 키워 본 사람만이 아는 것이 있어. 눈물로 하는 부모의 기도는 하나님이 꼭 들어주신다."

이 목사의 의외의 말에 두 사람은 서로를 쳐다보았다.

"누가 뭐라고 해도 옛날 김일성 주석은 그 어머니 강반석 권사의 기도가 있었단다. 그 외할아버지는 평양 칠골교회의

강돈욱 장로였지. 그리고 1989년 칠골교회가 다시 건립되었
고 김일성 주석은 그 이름을 어머니 강반석 권사를 기려 반
석교회라고 했어. 지금 한국교회의 북한 활동은 그 모든 기
도들의 응답이야."

"아버님, 하지만 그건 모두 정치입니다. 그 결과물이 결국
국가와 민족의 장래를 결정하는 것입니다. 음모에 불과할 수
도 있습니다."

강철이 강변했다. 사실 이 목사 주변에는 예로부터 많은
통일, 민족, 민주 운동가들이 많았었다. 많은 선후배 동료목
사들이 이곳 양평에서 은신하기도 했고 또 결국 옥고를 치
르기도 했다. 그런 면에서 이 목사는 이 통일 운동의 중심부
인물일 수도 있었다. 이문수 목사는 두 사람을 천천히 바라
보면서 인자한 얼굴로 말했다.

"강철아. 나는 누가 뭐라 해도 이명박 대통령을 믿는다. 이
명박 대통령의 어머니가 눈물로 기도하시던 권사님이시다.
매일 자녀들을 위해서 눈물로 새벽에 깨어 기도하셨지. 그
리고 이명박 대통령 역시 교회의 장로야. 일부러 장로가 되
기를 고사하고 아주 오랫동안 교회주차장 안전요원 등을 했
지. 그분은 보통 분이 아니야. 나는 오래전부터 이명박 장로
를 잘 알아. 그리고 나는 그분을 믿어. 남과 북에서 기도의
뿌리가 있는 지도자가 동시에 있기는 지금이 당분간은 마지

막이야. 다시는 이런 기회가 쉽게 안와."

이문수 목사는 마치 꿈꾸듯 말했다. 두 사람은 서로 얼굴을 쳐다볼 수밖에 없었다.

"마침 이 때 하나님이 이 한반도에 통일의 기회를 주셨어. 그러니 교회가 제일 앞에서 그 깃발을 들어야 하는 것 아닌가?"

이 목사는 결연히 말을 이었다.

"그리고 북한이 세계에서 인정을 받고 세계 속에서 일원으로 자리를 잡으려면 크리스천 국가가 되는 길이 제일 빨라. 아니, 그 길 밖에는 없어. 지금 잘하고 있는 거야. 교회와 하나가 되면 그대로 미국, 영국, 프랑스, 캐나다, 이탈리아, 독일, 스페인, 브라질, 멕시코같은 나라들이나 그 시민단체들과 바로 하나가 되는 거야. 그 모든 역량을 곧바로 받아들일 수가 있다는 말이지."

"아버님, 지금 북에서는 바로 그 점을 이용하고 있는 것입니다. 그리고 한국교회가 이용을 당하고 있는 것이라고요."

"제가 조사한 바로는 4년 전부터 치밀하게 준비된 그들의 계획의 일환입니다."

"그래, 그렇다고 해도 그것이 진짜 정치가 아니고 뭔가? 북에서도 예수를 믿어야 해. 그래야 우리 모두가 다 살아. 지금 한국교회는 이 틈을 마치 쐐기처럼 열고 들어가야 하는 거네."

"그럼 왜 하필 교회입니까?"

은경이 끝의 부분을 치고 들어갔다. 강철이 놀라서 은경을 보았다.

이문수 목사가 은경을 찬찬히 쳐다보다가 조용히 강철을 둘러보면서 말했다.

"원래 마르크스시즘은 칸트의 순수이성에서 헤겔의 관념적 좌파로 해서 유일자사상, 유물론적 사회주의로 해서 결국 공산혁명으로까지 이어진 거라네. 그러니 현재의 북의 주체사상까지도 사실은 칸트로 해서 헤겔좌파로부터 시작된 거야. 말하자면 다시 거기로 가면 이어진다는 뜻이지. 북의 공산사상이나 주체사상까지도 그 뿌리가 결국은 헤겔이야. 그런데 헤겔이 크리스천이었어. 그러니 북의 사상 원천이 그리스도적이라는 거야. 예수 믿기가 편해. 다시 돌아오면 되는 거야. 가장 소중한 인간 그 자체, 그 자신, 나, 그리고 그자아의 본체가 바로 하나님의 신으로 신이 되는 거야. 그것이 바로 성령 충만이야. 하나님이 되는거야. 하나님과 하나됨으로 말이야. 그러니 북의 사상도 여기에서 연결하면 바로그리스도교로 연결이 될 수가 있어. 예수 믿기가 어렵지 않아. 두고 보게. 앞으로 북쪽의 사람들이 아마도 세계에서 가장 순수하고 가장 아름답게 예수님을 믿을 걸세. 나는 확신

하네. 아, 그리고 자네의 글 ≪하늘과 바다와 산, 그리고…≫
라는 책에서도 썼더군. 그 '그리고…'라는 것이 결국 신과 인
간과의 합체를 말하는 것 아니었나?"

"네. 대략 그런 의미이기는 했습니다."

"그러니 지금의 한국교회의 북한진입은 자연스러운 일이
야. 먼저 가서 길을 열고 또 혼란의 와중에서 북한 동포들
을 지켜야 해. 교회만이 할 수 있어. 김정일 위원장도 마지막
으로 북의 모든 사랑하는 2,500만 인민들을 믿고 맡길 곳은
교회밖에 없다는 사실을 깨달은 거지. 세계의 크리스천들에
게 자신의 인민들을 믿고 맡긴 거야. 지혜로운 거지."

"아버님, 하지만 저희들이 확인한 바로는 지금 북의 실권
자는 김정일 위원장이 아닙니다. '천지'라고 알려진 비밀의
인물입니다. 이미 김정일 위원장이나 그 아들 김정은은 허
수아비에 불과합니다. 북의 모든 지령은 전부 '천지'의 이름
으로 하달되고 있습니다. 현재의 북한교회설립 건도 한국교
회의 북쪽 파트너가 김정일 위원장이 아닙니다. '천지'입니
다. 남쪽 관계자들에게 다 확인했습니다. 아버님. 지금 문제
가 그리 간단한 것이 아닌 것 같습니다."

"아버님, 어제 밤에 저희들 친구 장효식 기자가 저희들하
고 식사 후 귀가 길에 누군가에게 살해당했습니다."

은경이 눈물을 글썽이며 말했다.

"지금 은경씨를 노리는 누군가가 있습니다. 얼마 전엔 제
게 직접 전화해서 협박까지 했습니다. 은경씨의 생명을 노렸
습니다."

강철이 조용히 말을 이었다.

"아버님. 그래서 오늘 저희들이 여기에 온 것입니다. 다음
엔 김은경 작가일 수도 있습니다."

아버지 이문수 목사와 인사를 하고 양평의 호젓한 산 속
에서 며칠을 지낸 후, 강철은 은경과 함께 서울로 향했다.

"강철아, 내가 이곳 산속에 있은 지 벌써 40년이구나. 네
가 태어나기도 전이었지. 그런데 사실 와보니 이 아름다운
자연에게 내가 해줄 수 있는 것은 아무 것도 없었어. 자연
은 자신들이 다 알아서 했지. 내가 서울을 떠나 목사로서 이
곳에 온 것은 단지 이곳에도 사람이 있었기 때문이었지. 그
러나 그 사이 많은 사람들이 없어지고 나는 그냥 쉬기만 했
어. 분에 넘치는 호사였지. 평생을 쉬었어. 나는 여기를 치장
하고 사람들을 불러들일 수도 있었어. 그러나 누구나 다 나
처럼 살라고 할 수가 없었지. 막상 누가 온다고 해도 할 말
이 없었던 거야. 누구나 다 이렇게 멋진 산 속에 들어와 버
리면 자식은 누가 키우고 세상은 누가 움직이나. 세상 모든

사람이 산속에서 농사만으로 살 수도 없어. 벌써 이제는 한 국도 골짜기마다 자리다툼이야. 이젠 사람들도 산 속 좋은 줄 알아서 산 속도 자리가 없어졌어. 아름다운 골짜기마다 몇 백 년 전부터 들어와 자리를 잡은 사람들이 있고 나처럼 몇 십 년 전에 들어와 자리 잡은 사람들도 있고. 이젠 들어 오고 싶어도 들어올 곳도 없어. 산속이나 도시 한가운데나 다 같아졌어. 난 너희들 교육도 제대로 못시켰지. 네 고모가 아니었으면 난 이곳에 있지도 못했을 거야. 혼자 산 속에 들 어와 기도나 한다고 한 거지. 세상 사람들이 다 나처럼 모든 걸 버리고 산에 들어온다면 그 사람들은 분명 최고의 부루 쥬아들이야. 나는 그렇게 살았지. 평생을 빈둥빈둥 산속에 서 기도나 하고. 전도할 사람도 없었어. 그렇다고 안할 사람 도 없었고. 한 사람이라도 있었기 때문이지. 도시의 목사들 은 나를 훌륭하다 하지만 사실은 평생 동안 힘이 남아돌았 지. 내 마음의 평화야 어디선들 다 같은걸. 그들은 이곳 산 속이 더 평화롭다고 생각한 거지. 나도 그렇게 말하고 사람 들을 부를 수 있었어. 하지만 세상에 있는 사람들은 어차피 산 속으로 다 버리고 못 와. 그렇게 못해. 그런데 그것이 욕 심이라고 한마디 해주고 죄의식에 빠지게 하지. 누구나 다 결혼도 말고 자식도 말고 돈도 말고 살라하면 어쩌나. 강철 아 나는 평생을 그렇게 하지 않았어. 자연이 평화롭다고?

산속의 푸르고 아름다운 자연? 절대 아니야. 그것도 관념일 뿐이지. 산 속도 저 풀숲 속엔 날마다 전쟁이지. 저들도 눈만 뜨면 전쟁이야. 벌레들도 곤충도 새들도 짐승도 다 서로가 서로의 밥이야. 양식이지. 저들도 눈만 뜨면 일어나 밥을 얻으러 가야해. 그래야 살아. 하루 종일 먹고 먹히는 일만 생각하고 연구해. 저 풀들도 한 치라도 햇볕을 더 받으려고 매 순간 몸부림이야. 옆의 풀들과 소리 없이 끊임없는 전쟁이지. 그리고 타협하고… 그러다 잠시만 틈이 보이면 또 뚫고 들어가. 밤하늘의 아름다운 저 영원한 별들이 평화롭다고? 천만의 말씀이야. 저 별들은 전부 불덩어리들이야. 한 순간도 멈추지 않고 불타고 있어. 엔트로피의 끝없는 증가가 사실은 시간 그 자체야. 강철아, 환상과 관념에 홀리면 안 돼. 실체를 봐야 해. 변화를 두려워해서도 안 돼. 나처럼 산속에 들어올 사람은 사랑도 말고 자식도 없어야 하지. 사랑을 하는 순간, 자식을 낳는 순간, 나처럼 혼자 기도만 하는 것은 끝나. 개인의 호사는 끝나는 거지. 내가 해보니까 이 산속에서 하는 기도는 호사야. 밥 벌어 먹을 것이 있는 자만의 호사. 나 기도하라고, 나 수양하라고, 사람들이 돈을 갖다 주면 우스운 일이 되어버리고 말아. 그렇다고 세상 모든 사람들이 농업만 해서도 안 돼. 그것만이 가장 아름답고 도덕적인 것도 아냐. 모든 인류가 옛날에 다 그렇게 해봤어.

강철아, 너는 세상으로 나가라. 그곳엔 사람이 있어. 사람이 가장 아름다운 거야. 이 세상 모든 물질의 정점에서 사람이 맺어졌어. 사랑을 하면 반이 깨지고 자식을 낳으면 전부 깨져. 그러나 그것이 없으면 세상은 멈춰. 그것이 진리의 끝은 더욱 아냐. 너는 마음껏 사랑하고 마음껏 번식하고 마음껏 행복해라. 잠시만이니까. 그나마 보고 느낄 수 있는 것도 잠시만이야. 사람은 누구나 그 기억만으로 영원히 사는 거란다. 그것을 사람들은 영혼이라고 불러. 너는 평생에 행복한 기억으로 마무리를 맺어서 영원히 행복하게 살아라. 그것이 바로 천국이란다. 네가 그 속에서 영원토록 살아야 할 천국이야. 그리고 그곳에 가 보면 다른 무수한 천국들도 만나게 될 거야. 내 아들아. 행복하여라. 나의 평생에 가장 행복했던 순간은 아기들을 낳아서 키워본 거였어. 그리고 그 자라는 모습을 가까이에서 지켜본 것의 신비로움이었지. 바로 너였어.”

　강철은 떠나 올 때 그에게 하는 아버지 이문수 목사의 말을 떠올렸다. 그리고 은경을 찬찬히 보았다. 그녀도 깊은 상념에 잠긴 듯 창밖만 보고 있었다. 두 사람은 무사히 서울로 돌아왔다.

13. 북한의 혁신조치들

2012년 3월 15일 목요일

요즘은 자고 나면 놀라운 소식이 하나씩이다. 두 달 사이에 지금 한반도의 상황은 완전히 달라져 있었다. 지금 남쪽의 교회들은 온통 새로운 동력을 얻고 있었다. 단 두 달 만에 남쪽의 교회들은 북의 모든 지역들을 철저하게 분할하여 각 교회별로 매일 수천 명의 사람들이 온갖 이유로 북으로 넘어 들어갔다. 사회 분위기도 대세를 이미 따르기로 한 듯 자연스레 한국교회를 지켜보는 모양새였다. 오히려 모든 다른 그룹들에선 부러움 섞인 시선까지 묻어 나왔다.

강철은 보던 조간신문을 덮었다.

북, 대대적인 토지개혁 단행, 전토지 국유화정책 포기

　지금 북쪽에선 2012년 3월 15일부로 또 엄청난 사건이 일어났다.

　강철은 은경에게 전화를 했다.

"오늘 뉴스 아시죠?"

"네."

"이젠 그들도 건너지 못할 다리를 건너네요."

"그러네요."

은경이 담담히 말했다.

　오늘부로 북에선 모든 인민에게 자신이 살고 있던 토지 및 건물을 개인 분배했던 것이다. 100% 사유재산화 한 것이었다. 전 세계의 방송들도 긴급 뉴스로 다루고 있었다.

　은경이 강철의 오피스텔로 왔다.

"이제 조각들을 나눠주고 큰 덩어리는 국가에서 개발자금으로 조성해 나가겠군요."

　강철이 예측했다는 듯 말했다.

"그러나 사실 1946년 3월 5일 시작된 북한의 토지개혁이 드디어 완성되는 것이기도 하지요."

　쳐다보는 은경에게 강철이 말을 이었다.

"해방당시 4%의 지주가 58.2%의 땅을 가지고 있었고, 56.7%의 빈농이 5.4%의 땅을 가지고 있었어요. 그들은 4만 4천호의 지주를 청산하여 72만호의 농민을 봉건적 착취에서 놓아주었어요. 그러다가 사회주의식 노동계급화를 위해 1953년 8월 제6차 당 전원회의에서 농업활동화 방침을 결정하고 1958년에 100% 농업협동화를 달성하고 1964년 사회주의 농촌문제의 테제를 통하여 협동화소유제를 전 인민적 소유제, 즉, 국유화로 바꾼 것이지요."

강철은 젊은 시절의 운동가답게 사소한 연도까지도 꿰고 있었다.

"그러나 결국 국가가 거대한 지주가 되어 버리는 아이러니에 빠졌고, 당 간부들의 부패와 인민 2,3,4,세대들의 등장으로 혁명당시의 상황보다는 현시점에서의 객관적 성찰 등으로 인민들의 사회주의적 혁명동기의 상실로 인해 지금의 어려움을 겪고 있었던 겁니다. 그러다가 1976년 토지법에서 텃밭을 30평 정도씩 주민들에게 개인 허용했고 1998년 9월 5일 북한의 새 헌법 24조에서는 개인소유권을 이미 명시하고 국가는 이를 보호하고 이에 대한 상속권까지도 보장하게 되었어요. 이제 드디어 그들도 그들의 혁명을 완수하기 시작한 것이네요. 사실상의 전 인민을 위한 진짜 혁명을 말입니다."

강철은 언젠가 동경에서 만났던 구현상 회장을 떠올렸다.

아마도 지금의 이 드라마는 어쩌면 그의 작품인지도 몰랐다. 그렇다면 이것 역시 미국과 일본 쪽의 교회가 관련된 사항이 분명했다. 역시 교회의 역량은 대단했다.

오후가 되자 다시 북의 발표가 연이어서 나왔다.

"2012년 3월 15일부로 조선민주주의인민공화국의 모든 토지를 각각 모든 인민에게 현재의 주거 및 사업장, 농지 등을 현재의 거주 및 사용자에게 그대로 영구적으로 무상 개인분배한다. 또한 2012년 3월 15일부로 조선민주주의인민공화국 영토내의 모든 토지를 남조선 모든 인민에게 조건 없이 개인 매각을 허용한다. 따라서 남조선 인민 중에 누구나 조선민주주의인민공화국 당국에 합당한 가격을 지불하면 얼마든지 조선민주주의인민공화국의 땅을 개인소유로 영구적으로 구입할 수 있음을 발표하는 바이다. 이 역시 남조선 당국과 이미 합의한 사항임을 아울러 밝힌다."

북의 39호실을 맡고 있는 전일석 당 중앙위 제1부부장의 회견장 바로 뒤로는 역시 그 뒤에 바로 미국의 구현상 회장이 서 있었다. 이는 이 모든 것이 이미 오래전부터 치밀하게 준비된 내용임을 설명하는 것이었다.

"이제 북쪽 사람들은 통일이 되어도 최소한 누구나 다 집이나 땅이 있으니 집이 없는 남쪽 사람들 보다는 부자네요. 통일 준비는 이걸로도 반은 끝났어요."

강철은 중얼거렸다.

언젠가 강철이 만났던 북쪽의 김선호 대사가 한 말 중에 북에서 제일 겁내는 것이 교회와 부동산업자라 했는데 그의 말대로 북쪽에서 먼저 선수를 치고 있는 것이었다. 그렇다면 그들은 진짜로 통일을 준비하고 있는 것이 분명했다.

통일 직전에 먼저 북에서의 부동산투기와 북에서의 무절제한 교회의 난입을 적절히 제어하여 통제하는 것이었다. 이것은 대단한 관리능력이었다. 이는 지금까지의 북쪽 사람들의 스타일이 아니었다.

그렇다면 이 모든 것이 그들의 월화수목금통일계획의 일환이라고 한다면 도대체 그 '천지'란 자는 누구란 말인가. 이 모든 것을 꿰뚫을 수 있는 자라면 그런 자가 북에 어찌 있을 수 있다는 말인가. 남쪽과 교회와 자본주의의 생리를 알지 못하고는 할 수 없는 일이었다.

혹시 그도 교회 쪽 사람이 아닐까. 강철은 여기까지 생각이 미치자 맥이 빠졌다. 분노가 일었다. 마치 철저히 교회에서 자신이 소외당한 것 같은 느낌이었다. 예감이 이상했다. 어쩌면 그는 강철 자신이 알고 있는 인물일 수도 있다는 예감이 들었다.

'통일이다!'

강철은 직감했다. 벼락같이 지나가는 통찰이었다. 누군가 지금 철저하게 통일을 준비하다가 이제 드디어 실행에 옮기고 있었다. 모두의 눈앞에 서서히 나타나고 있는 것이 느껴졌다. 강철은 소름이 돋았다. 이것은 남쪽이든 북쪽이든 어느 한쪽의 생각과 그 실행 능력만으로는 절대 이룰 수 없는 수준이었다. 또한 단시간 내에 이룰 수 있는 것들이 아니었다. 최소한 강철이 부딪혀 안 것만도 3년 전이었다.

사실 통일문제에 있어서 가장 큰 걸림돌은 비용문제였다. 어마어마한 천문학적 수준의 통일비용문제가 제일 컸었다. 그러나 이제 남과 북은 그 문제를 간단하게 해결하고 넘어가는 모양새다. 그 통일비용 중 첫번째는 북쪽 사람들의 생활수준 향상이었다. 최소한 남쪽사람들과 같은 수준의 생활까지 올리는데 드는 비용이었다. 그리고 무엇보다도 북쪽의 열악한 사회기반시설이었다. 곧 사회간접자본의 천문학적 투자비용이었다. 그리고 열악한 북의 기술수준향상에 드는 비용들이었다. 그런데 지금 남과 북은 간단히 그 문제들을 해결하고 넘어가고 있었다. 최소한 시장이 그 문제들을 담고 갈 수 있는 물길을 연 것이다. 이것은 절대 북의 사고로는 나올 수 없는 해법이었다. 강철은 다시 한 번 직감했다.

'통일이다! 이제 돌이킬 수 없는 통일의 문이 열렸다!'

그러나 아직 그 어느 곳에서도 통일이란 단어는 나오지 않고 있었다. 단지 통합이란 단어만 들려올 뿐이었다. 강철은 이제야 모든 것이 어렴풋이 전체적인 그림으로 보여 왔다.
월화수목금통일계획은 생각보다도 훨씬 깊고 넓었다. 그리
고 그 배후의 설계자가 궁금했다. 그는 상상을 초월하는 존
재일 것이 분명했다. 그의 능력은 지금까지의 남과 북 모두
의 색깔과는 확연히 달랐다.

만약 그의 정체가 소문대로 '천지'이고, 그 '천지'의 정체가
김선호 대사의 말처럼 위험한 인물이라면 이것은 정말 민족
적 재앙이었다. 그 재앙이란 단어를 김선호 대사가 썼었다.
북의 최상류층이었던 그들은 이미 몇 년 전부터 이것을 알
고 있었던 것이다. 그들만의 재앙일까? 아니면 한민족 모두
의 재앙일까? 강철은 무서운 생각이 들었다.

이제부터 그의 모습이 드러날 것이고 그것은 이제 어느 누
구도 거스를 수 없는 것처럼 보였다. 강철은 효식의 죽음이
생각났다. 지훈의 죽음도 기억했다. 둘 다 모두 강철의 바로
눈앞에서 죽어갔다. 바로 그 '천지'의 실체를 건드린 이유때
문에 맞이한 죽음이었다. 강철은 전화기를 들었다.

"은경씨. 우리 북에 좀 다녀올까요? 아무래도 직접 좀 들
어가 봐야겠어요."

강철은 직접 그 중심 속에서 부딪혀야겠다고 생각했다. 그
색깔과 냄새를 맡고 싶었다. 은경과 강철은 어느 순간부터에
선가 이 모든 것들이 아주 개인적인 두려움의 문제가 되어버

렸다. 그것은 직접 그들에게 부딪혀 오는 원인을 잡을 수 없는 죽음의 공포였다. 그들의 앞에 실체가 드러나지 않는 두려움.

며칠 후 공교롭게도 한국그리스도교회연합의 최현규 총무 목사에게서 연락이 왔다.

"강철아. 모레 평양에 좀 안다녀올래?"

"네? 평양이요?"

"그래. 모레 한반도선교센터 정오정 목사와 함께 우리 연합회에서도 북의 조그련과 한반도 교회연합 평양 대 집회에 관한 의논이 있어 내가 너를 실무로 추천했다. 갈래?"

"목사님은요?"

"나? 왜?"

"정오정 목사만 같이 가면 전 빠질래요. 나랑 안 맞아요. 그 사람 너무 강해요, 하하하, 피곤해."

"하, 하, 강철아 너도 만만치 않다. 나도 같이 간다. 걱정마라."

"그래요? 그럼 갈게요."

강철도 따라 웃었다.

"안 그래도 목사님께 북에 갈 구실 좀 얻으려고 했었어요."

"잘됐네. 그럼."

"아, 그리고 목사님, 같이 갈 동행 한사람 좀 부탁할게요."

"누구?"

"김은경 작가요."

"소설가? 얼마 전에 ≪통일프로젝트≫ 쓴 여류?"

"네."

"왜?"

"사실 김 작가와 제가 요즘 신변의 위협을 좀 느끼고 있습니다. 그래서 직접 북의 중심에 들어가서 문제를 뚫고 지나가야 할 것 같습니다. 그리고 제 주변에 지금 석연치 않은 부분이 너무 많습니다."

"뭐? 그 월화수계획인가 하는 거 말하는 거야?"

"네."

"너 너무 거기에 몰입하지 마라. 모든 것은 결과가 말하는 거야."

"그래도 1%의 위험가능이 있고, 또 1%의 막을 길이 있다면, 누군가는 그것을 해야 하겠지요. 99%의 안전함으로 그냥 지나간다고 해도, 누군가는 해야 되는 거 아닙니까?"

"너는 매번 그 1%의 준비만 하다가 아무도 모르게 죽으면 어떡할래?"

"하하하, 태생이 그런 걸 어떻게 합니까."

강철이 웃었다.

"근데, 김 작가의 그 소설이 좀 반 통일적인 거 같던데?"

"아닙니다. 좀 신중히 보자는 겁니다. 그리고 소설 일 뿐인데요, 뭐. 김 작가는 소설가이고, 그것은 소설입니다. 그뿐이죠. 그리고 소설을 통해 사전 맛보기도 나쁜 건 아닙니다. 반응 자료가 다 나오지요."

"알았어. 내가 목사님들하고 의논해볼게. 나야 네가 좋으면 좋지."

그날 밤 최현규 목사에게서 은경과의 동행이 가능하다는 연락이 왔다. 은경 역시 남쪽의 한국그리스도 교회연합 소속으로 정식 수행이 결정되었다는 연락이었다. 강철은 은경에게 전화를 했다.

"은경씨? 강철입니다."

"네. 좋은 소식이 있나요?"

"북에 함께 가기로 한 것 말입니다."

"네."

"모레입니다. 마침 한국그리스도 교회연합과 한반도선교센터 주관으로 올 여름 평양 능라도에 있는 5.1 경기장에서 북한 조그련과 연합으로 초대형 남북합동집회를 개최하는데, 그 사전 조율관계로 평양에서 회의가 있답니다. 모레 아침 7시에 서울에서 출발하는데 은경씨와 제가 한국그리스도 교회연합 일행으로 동행하게 되었습니다."

"아, 그래요? 마침 잘되었네요."

"모든 준비는 제가 다 할 테니까 아무 걱정 마시고 그저 몸만 오시면 됩니다. 아침 7시에요."

"알았어요."

수화기 저쪽에서 조용히 웃는 은경의 모습이 느껴졌다.

14. 북으로, 또 북으로

2012년 3월 21일 수요일

아침 7시, 17명의 일행은 서울 광화문의 한국그리스도 교회연합에 모여 간단히 예배를 드리고 평양으로 출발했다.

강철과 은경을 뺀 나머지는 모두가 구면인 듯 서로 사무적인 준비 사항들만을 확인하고 있었다. 46인승 리무진 버스에 넉넉히 나눠 탄 일행은 서울에서 고양, 파주를 거쳐 문산으로 갔다. 거기서 개성으로 바로 들어가지 않고 개성을 우회해서 새로 난 길인 문산에서 금파로 통하는 길을 택했다. 역시 새로 생긴 남측 출입국관리사무소의 간단한 신분 확인을 거친 후 새로 열린 군사분계선을 넘어 북의 장풍군 구화에 꾸며진 북측 출입국관리사무소에 다다랐다.

역시 모든 것이 사전에 다 의논이 된 듯 일사천리로 진행이 되었다. 오히려 북의 검사원은 핑핑 소리를 내는 호각을 불어 리무진을 빨리 통과시켜 주기까지 했다.

지나오며 보니 새로 생긴 이 길로 오고 가는 물자는 남방한계 출입문이 열리는 아침 9시부터 양쪽으로 끝도 없이 길게 늘어서 있어 현재 북의 교회 건립에 들어가는 인적 물적 자원이 얼마나 어마어마한지를 알 수가 있었다. 그 남쪽 지도부가 지나가니 당연히 특별히 대해주는 것 같았다.

강철은 만감이 교차했다. 동승한 일행들은 별 감흥이 없는 듯 무심히 창밖을 보거나 눈을 감고 상념에 빠져 있었다. 조용한 침묵이 흘렀다. 강철은 한자리 떨어져 앉은 은경과 눈이 마주쳤다. 은경도 조금은 긴장한 듯 애써 조용히 웃어주었다. 강철은 괜히 은경과 동행 하였나 하는 후회를 잠시했다.

저 앞자리엔 정오정 목사와 최현규 목사가 운전석 바로 뒤 좌우편에 편안한 얼굴로 나란히 앉아 있었다. 그 뒤로 여러 교단과 교회의 대표 목사님들이 앉아 있었다. 모두 한국에서는 많이 알려진 존경받는 목사님들이었다. 이번 6월에 있을 평양 대 집회가 만일 성사된다면 이건 교회뿐만이 아니라 한반도 역사에도 기억될만한 사건이었다.

평양의 능라도에 있는 5.1경기장은 15만 명이 한 번에 들어갈 수가 있는 곳으로 만약 남쪽 성도들도 참석하게 된다면 그 수에 상관없이 어마어마한 파급효과가 생길 것이었다. 역시 엄청난 일들이 진행되고 있었던 것이다.

버스는 구화에서 장풍을 거쳐 황해북도 양합으로 새로 난 길을 통해 금천으로 해서 평양 개성 간 고속국도에 올라탔다. 고속도로는 아침인데도 개성과 장풍 쪽에서 평양 쪽으로 올라가고 내려가는 물자들로 활기가 돌고 있었다. 예전의 TV에서 보았던 한적한 시골길이 아니었다.

북은 이미 달라져 있었다. 며칠 전 토지매매허용조치 이후 남쪽의 어마어마한 자금과 사람들이 벌써 북의 구석구석으로 넘어가고 있었다. 북은 전설 속의 황금도시인 엘도라도가 되어가고 있었다.

일행을 태운 버스가 평양의 고려호텔 1호동으로 들어섰다. 원래 고려호텔은 1,2호동 쌍둥이 건물로 되어 있어 1호동은 주요 외국 대표단들이나 특별한 신분의 외국 손님들이 주로 이용하고 있지만, 강철 일행은 특별히 1호동에 배당이 된 것으로 보아 북측 당국이 6월의 연합집회를 얼마나 중요하게 여기고 있는 지를 느낄 수가 있었다. 사실 현재 남북교회의 역량은 남북정부 모두에게 길을 열어주는 돌파구와도 같은 역할을 하고 있었다.

일행 17명 중 은경을 포함하여 여성 3명은 따로 가고 나머지도 2, 3명씩 각각 방을 배정 받아 짐을 풀었다. 강철은 최현규 목사와 정오정 목사와 한 방을 쓰게 되었다. 특별히 최 목사의 배려인 듯 했다. 최고 수준의 방이 세 개인 40평 정도의 특급호실이었다. 최 목사는 소파에 앉으면서 강철에게 지나가듯 말했다. 정오정 목사에게도 전달하려는 확인의 메시지인 듯도 했다.

"오늘부터 해야 할 가장 큰 이번 만남의 의제는 올해 2012년 6월 26일 화요일부터 29일 금요일까지 5일간 평양 5.1경기장에서 있을 한반도 교회연합 평양 대 집회에 참석할 남측 인원의 확정이야."

"무조건 많이 해야지요."

정 목사가 바로 말을 받았다.

"정 목사, 얼마나 동원할 수 있겠어요? 무리 없이."

"저희는 많을수록 좋습니다. 얼마든지 입니다."

"지금 북에 얼마나 들어와 있지요? 오늘 현재?"

"네. 지금 187개의 교회가 이쪽에서 건축되고 있습니다. 오늘 현재 건축 관계자 까지 포함하여 전부 7,480명이 들어와 있습니다."

강철은 놀랐다. 대단한 일이었다. 지금 이 모든 일을 북에

서 직접 기획하고 실행하는 사람이 정오정 목사인 것 같았
다. 남쪽에서 보던 것과는 직접 와서 보니 그 차원이 달랐다.
돌아가는 모양새가 생각하던 것과는 전혀 달랐다.

"그날 동원할 수 있는 인원은요?"

"지금 건축 관련자들도 모두 크리스천을 원칙으로 배당을
했습니다. 그들을 빼고라도 2,000명 정도는 언제라도 당장
동원 가능합니다."

"그러면 그날 우리 남쪽에서 참석하는 인원을 20,000명
으로 합시다."

최현규 목사가 웃으며 간단하게 말했다. 강철은 순간 자신
의 귀를 의심했다.

"목사님, 이만 명이요?"

강철이 자기도 모르게 묻자 정 목사가 바로 말을 받았다.

"얼마든지 가능합니다. 저희들은 할렐루야입니다."

"그렇지요?"

"네. 187개 교회에서 한 교회당 100명씩만 데리고 올라와
도 18,700명입니다. 자신들의 헌금으로 북에 지어지는 교회
를 보고 기도도 할 겸 오는 것은 당연히 해야 할 일입니다."

"숙식문제는요?"

"전혀 문제없습니다. 이곳 평양에선 이미 1989년 13회 청
년학생축전을 통해 그 정도는 소화할 수 있다는 것을 입증

해 보았습니다. 그리고 또 이곳 187개 시 군에서 이미 건축 활동을 하고 있는 남북교회 관계자들만으로도 그 정도는 나누어서 감당할 수 있습니다.”

“됐습니다. 그럼 우린 20,000명으로 밀고 나가죠. 5.1경기장이 총 15만명 수용 아닙니까? 남에서 적어도 20,000명은 와야지요.”

“네. 아멘입니다.”

정오정 목사가 쉽게 말했다. 그 속엔 알 수 없는 힘이 느껴졌다. 어떤 확신 같은 것이 가득 차 있었다. 그러나 그것도 잠시 지나면 권력이 될 것이었다. 강철은 그를 물끄러미 보았다. 강철 등이 민주, 민중, 통일을 외치며 거리로 뛰쳐나갔을 때, 정오정 같은 사람들은 최류탄 연기를 뒤로 하고 삼각산으로, 오산리로, 한얼산으로, 기도한다고 들어갔었다. 그런 그들이 지금 통일의 실무자로 선봉에 서 있는 것을 보면서 강철은 묘한 느낌이 들었다. 어쨌든 세월은 흘렀다.

지금 남쪽에선 2012년 4월 11일, 제 19대 총선을 약 20일 정도 남겨두고 그 선거운동이 막바지에 이르고 있었다. 무엇보다도 야권대통합이 이루어졌다. 실로 전격적인 통합이었고 그것은 모두의 상상을 넘는 파격적인 방식이었다. 정말 허를 찌르는 방법인 퇴로가 없는 장수들의 일침이었다.

어떤 조건도 없이 모든 5개 야당이 한국 민주당이란 당명으로 대통합을 했고, 각 지역의 출마 후보자는 엄격하게 여론에 따라 정할 것을 합의 한 것이었다. 모든 내용에는 '무조건'이란 단서가 다 붙었다. 그만큼 지금 야당의 입장은 다급함을 넘어 뭔가 처연함을 느낄 수가 있었다. 강철은 드디어 '천지'의 실체를 이제 볼 수 있을 거란 기대를 내심 했다. 강철은 이것을 월화수목금통일계획의 핵심으로 보고 있었기 때문이었다.

이미 이루어질 수밖에 없도록 남북교회통합보다도 먼저 정해져 있었던 계획이었던 것이었다. 북의 대남통일전선전략의 첫 단추는 거기에서 시작되어야 했기 때문이었다. 그리고 총선거 두 달 후 평양에서 남쪽인원 2만 명 포함 15만 명이 한반도 교회연합 평양 대 집회를 연다? 남쪽에서 2만 명이 올라가서 5일 동안을 북에서 묵는다? 그리고 6개월 후 남쪽에서는 대선이 있다?

강철은 식은땀이 흘렀다. 강철은 이곳 평양에 와서 점점 더 확실하게 통일전선에 의한 북의 적화통일계획을 확신하게 되었다. 이 모든 것은 북의 내밀하고 상투적인 방식이었다. 벌써 며칠 만인데도 남쪽 부동산 투자자들의 평양행이 줄을 이었다. 이제 북쪽 땅 요지는 남쪽 사람들이 주인이 될 것이었다. 그들이 전부 잠재적 북쪽 동조자가 될 것은 뻔 한 사실이었다. 가히 천문학적인 돈들이 통일준비자금이란 명분으로 북으로 넘어 들어가는 것이 묵인되고 있었다.

그런데 교회가 또한 그 결론의 확실한 열쇠를 강철의 바로 눈앞에서 그들에게 들려주고 있는 것이었다. 아무리 그래도, 이명박 정부가 아무리 대통령이 교회의 장로라 할지라도 이럴 수는 없는 것이었다. MB가 허락하지 않고는 이 모든 일은 절대 일어날 수 없는 일들이었다. MB는 언젠가 서울시장 자리를 놓고 서울을 하나님께 바치겠다고 수 만 명의 군중 앞에서 공언한 사람이었다.

이제 그는 대통령으로서 대한민국을 하나님께 바치고 있는 것인지도 몰랐다. 그렇지만 아무리 그래도 대한민국을 북에 바치는 것은 아니다. 통일은 이렇게 하면 안 되는 것이었다. 강철은 같은 크리스천으로서 지금 교회의 행위들이 너무도 위험해 보였다. 언젠가 그들은 남북 반MB대연합을 선언하고 통일을 제안, 남북총선거 후 통일정부를 접수할 것이다. 모험치고는 너무도 무모했고 후세에 그 책임을 어떻게 감당할지를 알 수가 없었다.

평양 도착 이틀째, 강철과 은경은 미국에서 온 최 목사란 사람과 함께 아침 일찍 일행에서 떨어져 평양에서 북으로 두 시간 거리에 있는 평안북도 정주시 아래 청천강 사이의 해변가에 있는 산천군의 산천교회에 1박2일의 일정으로 시찰자로 가게 되었다. 최 목사는 60대 초반의 혈기가 왕성하고 뚱뚱한 거구의 사나이로 아마도 한국교회의 북한교회지원에 대한 보고서가 필요한 모양이었다.

산천교회는 서울 종로교회에서 교회건축과 지원을 맡고 있는 교회였고 부목사 한사람과 열 명 가량의 성도들이 산천에 상주하고 있었다. 이미 수십 명의 남쪽 건축 관계자들과 북쪽 인부들, 자재들이 섞여 활기가 넘치고 있었고, 필요한 자재나 물자들은 전량 한국에서 조달하는 것을 원칙으로 한다고 했다. 또한 관계인원들이 거주할 숙소도 자체적으로 완성해두었고 벌써 산천군 전역에 한국식의 전도계획이 세밀하게 세워져 구체적으로 실행되고 있었다.

인구 만 오천 명 가량의 소읍인 산천군은 그 정도 수의 교인을 가지고 있는 서울 종로교회의 역동적이고 힘 있는 풍성한 지원과 활동에 힘입어 도시 전체가 이미 생기가 넘치고 있었다. 종로교회의 담임목사인 이상태 목사는 한국에서는 조용하고 학술적이기로 소문난 분이었다.

강철은 은경과 함께 산천에 파견 나와 있는 박민우 부목사의 환대를 받으며 숙소를 잡았다. 산천교회의 분위기는 말그대로 옛날 한국 시골교회의 모습 그대로였다.

단 두 달 좀 넘었을 뿐인데도 산천교회는 산천 사람들 중

옛날 신앙이 있었던 노인들의 협조와 근처 가정교회의 전폭적인 동원과 기도로 기쁨이 넘쳐나고 있었다. 강철은 자신도 모르게 그들 속에 몇 시간 만에 동화되어버리고 있는 자신의 모습을 발견하고는 스스로 놀랐다.

은경도 보니 마치 어린 시절 농활 나온 대학생마냥 발그레한 얼굴로 할머니들과 잘 어울려 웃고 있었다. 강철은 순간 모든 복잡했던 머릿속들이 간단하게 정리되는 것을 느꼈다. 강철은 어제 최현규 목사와의 대화가 생각났다.

"강철아, 너 내일 산천에 좀 가봐."

"왜요?"

"글쎄, 거기 가서 뭘 좀 보고 와."

"뭘요?"

"가보면 알아."

강철은 최 목사의 의중을 알 듯도 했다. 그러나 그건 그거고 이건 이거였다. 이것까지도 김정일 위원장이 이용하고 있다면? 아니, '천지'라는 자가 노리고 있는 것이라면? 강철은 그럼에도 사실, 자신이 할 일은 이제 거의 아무 것도 없음을 느끼고 있었다. 단지 그 현장에 지금 있다는 이 사실 외에는 모든 것이 불확실했다.

강철은 갑자기 효식의 죽음이 생각났다. 왜 죽었을까? 아니, 왜 죽였을까? 수사결론대로 단순강도였을까? 지훈도 단순 자살? 영일이 형도 단순사고? 그러면 강철을 협박했던 그 낮은 목소리의 남자는 누구란 말인가? 강철은 혼란스러웠다.

어쨌거나 이 산천군의 만 오천 명의 주민들은 열정적인 서울 종로교회 만 오천 명 성도들의 헌신적인 기도와 지원으로 적어도 굶어 죽지는 않을 것으로 보였다. 지금 이렇게 북쪽 전 지역의 187개 시, 군에서 동시에 교회가 세워지고 있다. 그리고 지금 7,840명의 남쪽 교회 사람들이 들어와 있다. 강철은 도무지 그 계획의 실체와 정체를 알 수가 없었다.

평양의 고려호텔로 돌아온 강철과 은경은 최 목사 일행과 고려호텔 45층 원형식당에서 북의 통일전선부 주최 환영만찬에서 다시 만났다. 한 시간에 한 번씩 회전하는 식당의 창으로 보이는 아름다운 평양의 오후 모습이 한눈에 들어왔다. 최 목사와 정 목사, 북쪽의 통일전선부 이만식 부부장, 강철, 그리고 은경이 원형탁자에 합석을 했다. 이 역시 최 목사의 강철에 대한 특별한 배려로 보였다. 하지만 북측에서도 강철과 은경을 어느 정도 의식하고 있는 듯 했다.

"김은경 작가선생 책을 읽어 보았어요"

이만식 부부장이 대뜸 은경에게 먼저 말을 걸었다. 은경이 적잖게 당황한 표정으로 쳐다보았다. 이 부부장은 북측의 최고위층 인사로 세련된 얼굴과 양복에 뿔테 안경을 쓰고 은으로 만든 링 반지를 끼고 있었다. 세련된 말투를 쓰는 그는 유럽 어디쯤의 고즈넉한 노천카페에서 한번쯤은 본 듯한 그런 사람이었다. 은경은 이 부부장을 다시 한 번 올려보았다. 어느새 평상심을 가지고 보는 은경의 얼굴에 편안한 웃음이 배어나왔다.

"감사합니다."

"김 작가님이 여기서도 인기가 있나보네요?"

최 목사가 과장된 웃음으로 끼어들어 말을 막았다.

"최 목사님, 20,000 명으로 결정을 보셨다면서요?"

이 부부장이 최 목사를 보며 구면인 듯 거리낌 없이 말했다.

"하, 하, 네. 잘들 합의들을 해 주어서 다행입니다."

"그것보다도 그 실행의 완수가 문제지요."

"저희 쪽에서야 별일 없을 겁니다. 여기 정 목사가 워낙 단단하시니까. 하하하!"

최 목사가 정오정 목사를 바라보며 분위기를 잡자 조용히 웃는 정오정 목사의 눈에서 불꽃이 튀었다.

"역시 민족은 모든 것을 넘는 힘이 있습니다."

이 부부장이 웃으며 정 목사를 보았다.

"민족이란 개념도 결국은 사람이 만든 허상입니다."

정 목사가 이 부부장을 똑바로 쳐다보며 말을 했다. 순간 테이블이 싸늘해졌다.

"만인은 모두 아프리카 한 여인의 자손입니다. 전 인류의 모계 유전자를 분석해보니 세상 모든 사람은 그 여인의 직계자손인 것이 밝혀졌습니다. 그 년도도 4만년에 불과합니다. 우주역사 150억년, 지구역사 46억년, 생명역사 40억년, 인류역사 300만년에 비춰보면 아주 최근의 일이지요. 거기에 인류문화의 역사는 기원전 8000년에 불과합니다."

"그래요?"

최 목사가 짐짓 모르는 듯 말을 받았다.

"결국, 민족은 현재 지금 이곳에 있는 사람들이어야 합니다. 언어는 단 두 세대만 지나도 하나가 되고, 핏줄도 서너 세대만 지나도 다 섞입니다. 모든 인류가 위로 조상을 조금만 따라가 보면 다 한 가족이라는 얘기지요. 그 위로는… 만약 하나님을 안 믿는다면 원숭이지요. 어디부터 같은 민족으로 하는지도 결국은 정치입니다."

테이블 위에 차가운 바람이 스치고 있었다. 조용해졌다.

이 부부장이 먼저 분위기를 돌리려는 듯 헛웃음을 했다.

"허허허, 이거 정 목사 선생이 듣던 대로 대단하시구만. 그래서 우리가 지금 하나님께 기도 하려고 모인 거 아닙니까?"

"하하하!"

최 목사도 의미 없이 따라 웃었다. 정 목사는 작심한 듯 말을 이었다.

"그렇기 때문에 통일은 결국 통합입니다. 이 한반도 안에 같이 살고 있는 사람들이 통합하여 더 큰 나라로 만드는 것이지요. 중국은 세상의 중심이 자기라 하고 일본은 태양의 뿌리가 자기라 하지요. 그것이 한문으로 中國이고 日本입니다. 이제 한반도의 우리도 더 큰 나라로 가야 하는 것입니다. 그리고 체제는 결국 그 안에 사는 사람들이 의논해서 정하면 되는 것입니다. 그것이 선거이고 그것이 바로 정치이지요. 그리고 민주란 과반이고 그에 대한 승복입니다. 통일은 바로 그것을 하게하는 백지를 만들어주는 것이고요. 그건 자유민주주의 체제로 통일을 하는 것이 아니라 자유로운 판을 짜주는 것입니다. 오해를 하면 안 됩니다. 뭐든 할 수 있도록 판을 벌려 줄 테니까 그 판 위에서 서로 좋은 체제와 비전을 만들어서 모든 한반도인 각자에게 인정을 받아라 이거지요. 그것이 바로 민심이고 그것이 바로 통일입니다. 남쪽에선 군인도 대통령 했고, 문인도 했고, 경상도도 했고, 전라도도 했고, 사업가도 했고… 여기까지 왔습니다. 그래도 안 망하고 여기까지 발전되어 왔습니다. 이제 남쪽에선 뭐든 다 소화가 됩니다. 통일을 두려워해서도 안 되는 것입니다. 뭐가 겁납니까? 한반도의 민중은 오 천 년 동안 위대했습니다. 교회는 그 판을 이제 또 한 번 펴 줄 것입니다. 그것이 바로 자유 민주주의입니다."

"……"

모두는 말문을 닫았다. 정오정 목사는 조목조목 말을 했다. 갑자기 이 부부장이 박수를 치며 자리에서 일어났다.

"정 목사선생, 이제 곧 통일이 되겠습니다. 허허허!"

"피는 절대 흘리지 말아야 합니다."

최 목사가 의미심장하게 말했다.

"그것이 바로 진짜 정치지요. 그 선택은 민중이 하는 것입니다."

강철이 나지막한 소리로 말했다. 은경과 눈이 마주쳤다.

"아, 그리고 내일 여러분 모두에게 좋은 일이 있을 겁니다. 좋은 꿈들 꾸시라요."

대동강변의 하루는 그렇게 지나갔다.

역시 돈의 힘은 컸다. 아니, 그렇게 보였다.

일행에게 김정일 국방위원장과의 면담이 마련되었다.

가는 길에 버스 유리창으로 멀리 주체사상탑과 대동강 양 각도의 국제호텔, 평양역 등이 보였다. 3월의 평양은 화사하고 단정한 봄기운에 가득 차 있었다.

"김은경 작가선생, 내 이리 건재하오."

김 위원장은 웃으며 제일 먼저 은경에게 말을 했다.

은경이 요동 없이 조용히 웃었다. 그 웃음 속에 은경의 깊은 마음이 나타났다.

"여긴 '천지'도, 비밀 쿠테타도 없소. 하하하! 자, 보시오."

호탕하게 웃는 김 위원장의 얼굴에 천진한 미소가 스쳐갔다. 함께 미소를 짓는 은경 역시 눈을 피하지 않았다.

"내 김 선생의 그 통일 책에 관심이 많았소. 그리고 강철 선생 아버님은 건강하시오? 내 안부 전해 주오. 항상 내 고맙게 생각하오. 우리 동지들이 어려울 때 많이 보살펴 주었지."

그리고 정오정 목사를 보며 눈을 맞추었다.

"정 목사, 이번에 큰일을 하느라 노고가 많소. 곧 큰 과실을 볼 거야."

김 위원장은 정 목사의 손을 잡았다. 그러자 정 목사는 김 위원장과 눈을 맞추었다.

"하나님을 믿으십시오. 그리고 모든 것을 하나님께 맡기시고 마음에 평안을 누리십시오. 그러시면 모든 일이 풀리실 것입니다. 전 세계 25억 명의 크리스천들이 지도자님을 위해 함께 기도할 것입니다."

정오정 목사는 조금도 거리낌이 없이 말했다.

"하하하, 나를 전도하는구만기래."

전혀 싫지는 않은 듯 지도자는 최현규 목사를 보았다.

"이번 6월 집회에 내 남쪽에서 20,000 명을 초대하는데 동의 했어요. 여기서도 5.1경기장은 꽉 채울 거요. 그러니 그 쪽에서도 수고하시오."

돌아 나오는 정오정 목사의 눈가에 물기가 서려 있는 것을 강철은 보았다. 3월의 대동강변은 아름다웠다. 그곳에도 봄은 오고 있었다. 이제 이곳에도 남쪽사람들은 리버사이드 맨션을 짓고 강변을 조깅할 것이다. 그들 역시 최고의 부자들일 것이었다. 강철은 쓸쓸히 창밖을 봤다.

15. 역사적인 결단들

대한민국엔 또 한 번의 역사가 만들어지고 있었다. 엄청난 바람이었다. 사전 여론 조사, 당일 출구조사 등, 모든 예상이 통합 야당인 한국 민주당의 압승이었고, 실제로 국회의원, 광역, 지역, 모두에서 완전한 야당의 8:2 승리였다. 한나라당은 특히 서울과 경기도에선 거의 한 두석을 제외하고 완패했다.

야당 통합을 이루어냈고, 그 대표가 된 손학규의 막판 파워는 대단했다. 명실상부한 야당의 대표주자로서 박근혜의 대항마로 올라서는 순간이었다. 한국 민주당은 온통 축제분위기였고 그곳에는 옛날 민추협시절의 파워와 분위기, 정통성이 되살아나고 있었다.

임기를 이제 몇 달밖에 남겨놓지 않은 이명박 대통령에게서 그 임기 중에 넘쳐나던 완악하고 강압적이었던 반민주적 기세는 이미 다 사라졌다. 다시 인간 중심의 자존적 의식과 인간이 사랑받고 인간이 존중받는 시대가 열린 것이다. 국민을 사랑하고 국민들 사이에 의견이 다른 사람은 있어도 적은 없는, 감옥안의 죄수들에게까지도 사랑으로 재기를 돕는 그런 존엄함이 국민들 사이에 살아나고 있었다.

새로운 희망의 빛이 온 천지에 충만했다. 선거 직후 바로 조선노동당 명의의 축하전문과 화환이 한국민주당에 공식적으로 전해지고 발표되었다. 바야흐로 남북 정치의 시대도 열렸다.

모두가 기다려왔던 2012년의 급박한 4월은 그렇게 지나가고 있었다. 그러나 그 다음 벌어진 엄청난 일들은 그 누구도 예상하지 못했다.

2012년 6월 26일 화요일

6월의 평양은 뜨거웠다. 평양의 개선문 옆으로 난 김일성 경기장으로 해서 대동강 한 가운데 있는 섬인 능라도의 5.1

경기장은 15만 명을 동시에 수용할 수 있는 그 규모의 대단
한 위용만으로도 놀랍지만, 지금 그곳에서는 예전의 그 어느
누구도 상상하지 못했던 일이 일어나고 있었다. 한반도 교회
연합 평양 대집회가 열리고 있는 것이었다.

남쪽에서 2만여 명의 교회 성도들과 행사진행요원들, 설
교자들, 기자들, 외국교회 참관단들이 남북의 각각 187개의
교회에서 마련한 차량과 조직 등을 통해 평양으로 속속 모
여들고 있었다. 평양의 고려호텔, 양각도 국제호텔, 서산호텔,
보통강호텔, 해방산려관, 심지어 청년호텔까지 남쪽의 사람
들로 차고 넘쳤다.

평양 시내는 마치 서울의 종로거리로 착각을 일으킬 정도였
다. 6월 29일까지의 평양은 완전한 해방구였다. 어떤 제약도
없었다. 남쪽에서 온 차량들이 그대로 평양 시내를 밤낮 없
이 자유롭게 운행하고 있었다.

평양 당국은 이미 어떤 큰 결정을 본 것 같았다. 마치 무
엇인가를 사전에 시험하는 듯 한 인상을 주었다. 이 모든 것
은 '천지'의 작품이 분명했다. 하지만 김정일은 건재했다. 최
소한 그렇게 보였다. 그것은 강철과 은경이 직접 눈으로 확
인한 사실이었다.

그렇지만 '천지'는 있다. 지금 이 모든 행사를 주관하고 있
는 정오정 목사도, 최현규 목사도, 북한대학교의 오민석 교

수도, 북의 김선호 대사도 '천지'의 실재를 확인해 주었었다.

혹시 그것은 새 지도자 김정은의 다른 이름인가? 아니면 이도 저도 아닌 장성택과 같은 제3의 인물? 아니면 그들 모두의 다른 이름인가? 강철은 '천지'의 대담함에 전율을 느낄 수 밖에 없었다.

남쪽에서 행사 진행자들로 온 목사들은 하나같이 남쪽의 명망 있는 목회자들로 완전히 한국교회를 평양에 통째로 그대로 옮겨놓은 듯 했다. 교회 지도자들은 4일 동안 하루에 4회씩 총 16회의 예배를 인도하기로 되어 있었다. 5.1경기장은 4일 동안 말 그대로 거대한 교회가 되었다.

북쪽 성도들은 거의 모두 평양에서 동원된 사람들로 북에선 상층부로 분류되는 사람들이었다. 남쪽의 성도들과도 어느 정도 지적, 외적, 수준이 맞았다. 대화가 통하는 사람들이었던 것이다. 외신기자들도 실시간으로 전 세계에 예배 진행 상황을 타진하고 있었다.

한반도는 순간 세계 평화의 기도 중심이 되었다. 한반도 역사에서도 놀라운 반전이었고 세계인들에게는 경이의 순간이 되었다. 특별히 남쪽교회의 설교자들은 식민지와 전쟁과 가난과 분단과 억압의 시대를 지나오면서도 신앙과 교회를 지켜온 원로목사들의 설교로 거의 채워져 있었다. 강철의 아버지 이문수 목사도 설교자 중의 한사람이었다. 그는 큰 소리로 말했다.

“이 모든 세상은 우연히 거저 된 것이 아니라 어떤 분이 이렇게 되라 하니 이렇게 된 것입니다. 그 분이 바로 우리 조상들도 옛날 옛적부터 믿던 그 하늘님, 바로 하나님입니다. 일본성경에는 하늘의 신(天神)이고, 중국성경에는 상제(上帝)입니다. 그 하나님이 자신의 모양과 형상대로 우리 인간을 만들어서 우리 인간이 하나님을 닮은 작은 하나님, 바로 위대한 자기 자신의 그 주체가 된 것입니다. 인간의 위대한 도덕적 실존자아야 말로 곧 하나님을 닮은 신성입니다. 그러므로 우리는 모두 하나님의 아들이고 하나님의 딸입니다. 지금부터 2천 년 전에, 마르크스 레닌이 있기도 전에, 자본주의 사회주의가 있기도 전에, 자신의 모든 것을 팔아 나누며 가난한 모든 이들의 친구가 될 것을 가르친 분이 있었는데 그가 바로 하나님의 크신 아들 예수였습니다. 우리가 바로 그 예수의 제자들이고 그 가르침을 받은 사람들입니다. 예수께서 더러워진 우리의 몸과 생각을 위해 대신 죽고 살아서 우리에게도 살길이 열린 것입니다. 그 피를 우리의 죄 위에 바르고 우리도 다시 아름다운 하나님의 아들, 딸이 되어 진정한 자신의 주체, 곧 위대한 실존적 자아를 완성할 수가 있습니다. 너와 나의 아름다운 자아가 만나고 교제하여 멋진 나라를 이루는 것이 바로 아름다운 영혼의 천국입니다.

그곳은 하나님의 사랑이라는 영이 충만한 세계입니다. 그 영은 바로 사랑의 생각입니다. 이제 이곳을 그 아름다운 사랑의 하나님나라인 천국으로 만들어야 합니다. 오늘로 이제 그 위대한 문이 열렸습니다. 여러분들이 바로 그 사랑의 하나님 자신이십니다. 하나님의 사랑의 생각으로 충만하시기 바랍니다. 그러면 바로 그곳에는 위대한 하나님의 나라가 있을 것입니다. 어렵지 않습니다. 어떤 오해도 하지 마십시오. 이제 이 세상과 지구와 온 우주가 여러분을 도울 것입니다. 하나님이 여러분을 사랑하시기 때문입니다. 저의 이 말을 믿으십시오. 이제 여러분도 전 세계 25억 명의 믿음의 형제들과 같은 예수의 형제가 되었습니다. 이제 모든 닫혔던 문들이 다 여러분들에게 여러분들의 앞에서 모두 열릴 것입니다. 이것을 믿으십시오."

80이 넘은 노 목사의 진정어린 외침에 15만 참석자의 눈시울이 감동과 희망으로 젖어 들어갔다. 이렇게 평양의 놀라운 밤이 지나가고 있었다.

2012년 7월 9일 월요일

길게 뻗은 해운대 백사장이 어렴풋한 저녁의 안개에 젖어

들고 있었다. 멀리 바다의 끝이 하늘과 섞였다. 반도 남쪽에서 보는 태평양은 언제나 검다. 그리고 깊다. 강철은 해변가 프린세스 호텔 객실 창가에 놓인 탁자에 앉아 하나둘씩 켜지기 시작하는 주변 건물들의 불빛들을 보고 있었다. 향긋한 커피향이 비누냄새와 섞여 기분이 나른했다.

샤워를 막 마치고 나온 은경이 웃으며 강철의 옆으로 다가와 앉았다. 어디선가 바흐의 류트모음곡 G단조 중 알레망드의 약간은 퇴폐적인 듯 뜯어내는 현의 소리가 들리는 것 같았다. 강철은 은경을 사랑했다. 은경에겐 바흐의 소리가 났다. 깊으면서도 아름다웠다.

강철은 꿈처럼 부산에서 은경과 하룻밤을 같이 보내고 있었다. 지금의 한반도는 하루에 하나씩 놀라운 사건이 터지는 형국이다. 오늘 아침 김정일 국방위원장이 서울을 방문했던 것이다. 한반도는 말 그대로 발칵 뒤집혔다. 서울은 철통같은 경호로 완벽한 태풍의 핵과 같은 고요가 깔렸다. 지금까지의 그 어떤 요인의 방문 때 보다도 삼엄했다. 완전히 다른 개념의 통제방식이었다.

평양 대집회가 끝나고 정확하게 열흘 후의 일이었다. 이것까지도 그 기도회와 완전하게 한 묶음으로 계획된 일정이었던 것이다. 그것은 결과적으로 그렇게 보인 것 같이 연출을 했다. 3일 전인 7월 6일 금요일 밤 모든 기관들의 일정이 끝난 후, 바로 3일 후인 7월 9일 월요일, 그것도 김일성 주석 서거일인 7월 8일 바로 다음날 아침의 김정일 국방위원장 2박 3일 서울 방문을 금요일 저녁뉴스에 전격적으로 발표를 한 것이었다. 완전한 파격이었다. 그래도 모든 국민들이 사안의 중요성을 인식하는 듯 양해를 하는 모양새였다.

그 후로는 모든 것이 파격의 연속이었다. 무엇보다도 개신교회의 열렬한 환영이 있었다. 전국적인 교회의 릴레이 환영 행사가 사전에 치밀하게 준비된 듯 바로 이어졌다. 만약 누구라도 반대를 한다면 철없는 반통일인사로 몰릴 것이 분명했다. 강철은 보지 않아도 정오정 목사와 최현규 목사 등의 물밑 활약이 눈에 선했다. 최소한 '천지'의 의도는 그대로 이루어지는 것 같았다.

강철은 무엇보다도 교회에 함몰되어가는 MB의 무기력함에 벽을 느꼈다. 지금 벌어지고 있는 이 모든 통일적 사건들의 그 어느 곳에서도 MB의 흔적은 찾아볼 수 없었다. 강철은 앞날에 대한 불확실함에 언젠가 북쪽의 김선호 대사가 느꼈던 것과 비슷한 절망감을 느꼈다.

"참 대단들 하네요."

강철의 중얼거림에 은경도 TV 뉴스를 뚫어질듯이 보며 말했다.

"남북통일이에요……"

강철이 은경을 보며 빙긋이 웃었다.

"북쪽사람들은 북남통일이라고 하죠."

짐짓 당황한 표정으로 보는 은경에게 강철이 말을 이었다.

"그래서 남북 어느 쪽도 아닌 조국통일이라고 부르는 거고요."

"평화통일이라고 하거나 그냥 어느 것도 아닌 통일이라고도 하지요."

은경도 따라서 웃었다. 통일문제에는 늘 이런 단어 하나의 선택에서도 심각한 틈이 벌어지고 그 결과가 대립으로 끝난다. 이것이 통일이었다.

서울 남산에 있는 특급호텔의 6개 층을 전부 사용하고 있는 김 위원장 일행은 2박 3일간의 서울 일정을 급박하게 보내고 있었다. 연속적인 이명박 대통령과의 정상회담, 그 사이사이 대한민국의 모든 계층 인사들과의 면담과 만찬, 주한 외교사절들과의 의도된 공식 합동 만찬, 그리고 무엇보다도 세계최대 교회인 마포 한강교회에서의 예배 및 인사는 전 세계 언론의 폭발적인 주목을 끌었다. 지금까지와는 전혀 다른 김정일 위원장의 세계무대 데뷔였다. 완전히 평화와 친절의 옷을 입고 있었다. 모든 세상 사람들이 그 상에 홀렸다.

마지막 날인 2012년 7월 11일 오전 10시 공동성명을 통해, 4개월 후인 2012년 10월 1일부터 10월 3일까지 이명박 대통령의 평양방문일정을 합의하고 남쪽의 통일부와 북쪽의 통일전선부가 공동으로 평양에 태스크포스 팀을 설치하고 향후 통일일정 및 통일헌법초안, 그 세부사항 등을 연구, 합의하여 2012년 10월 1일 이명박 대통령의 평양방문 때에 남북 공동으로 선언할 것을 발표하고, 제1차 김정일 국방위원장의 서울 방문을 마무리했다.

대성공이었다. 한반도의 7,500만 모든 사람이 통일의 직접적인 도래에 현실감을 느끼기 시작했다. 놀라운 환상이 현실로 다가오는 기적이 모든 한반도인의 눈앞에서 펼쳐지고 있었다. 그것은 평화통일이었다.

강철은 은경과 다시 양평을 향해 한강변 하이웨이를 지나고 있었다. 운전대를 잡은 은경이 늦여름 찌는 듯한 9월의 한강을 바라보며 지그시 엑셀을 밟았다. 발끝이 미세하게 떨렸다. 강철의 아버지 이문수 목사의 부고를 듣고 지금 양평의 교회당으로 가고 있는 중이었다.

평양에 다녀온 후 이 목사는 며칠 몸살을 앓는 듯 하다가 밤새 아무도 모르게 숨을 거두었다. 조용한 산중에 옆엔 아무도 없었다. 86세였다. 강철은 누나 영순으로부터 연락을 받고 지금 가고 있는 중이었다.

아버지 이문수 목사는 40 초반에 양평으로 들어와 40여 년을 이곳에 있었다. 이곳에서 강철의 어머니인 정선화 전도사와 결혼을 했고 영순과 강철도 이곳에서 낳았다. 이곳에 들어오기 전 이미 한 번의 결혼이 있었지만 사별로 아내와 헤어지고 바로 양평으로 들어온 것이다.

그는 김정일 위원장이 알고 있을 만큼의 중요한 인물인 듯했으나 영순이나 강철에게 바깥세상에서의 과거 이야기를 한 번도 해준 적이 없었고 또한 그들은 그에 관해 한 번도 아버지에게 물어본 적이 없었다. 강철은 그러나 그런 아버지를 언제나 마음 깊이 속으로부터 존경하고 있었다. 며칠 전 평양에서의 설교가 아버지의 유언이 되어 버렸다.

그의 마지막 설교는 모든 이의 마음속에 특히 북쪽 사람들의 생각에 깊은 울림을 주었다. 이제 그 최초의 씨앗은 언젠가는 싹을 틔울 것이다. 아니 며칠 만에 벌써 서울에서 싹을 틔우고 있었다. 모든 일 뒤에는 언제나 어디에서나 아무도 모르는 어떤 숨은 사람들이 있기 마련이다. 이문수 목사는 그런 사람인 듯 싶었다. 어쩌면 겉으로 드러난 인물보다는 그 안에 숨은 존재들이 더 실력자들인 경우가 종종 있다. 마치 지금 북의 '천지'처럼.

강철은 극히 개인적인 이 중요한 순간에 은경과 함께 있는 것이 좋았다. 가장 중요한 한 사람이 떠나고 가장 중요할 한 사람이 또 왔다. 아버지 이 목사는 언젠가 넌지시 은경과의 결혼을 물은 적이 있었다. 그때 강철은 웃기만 했었다. 아직 어떤 의사교환도 없었다고 했다. 그러나 그녀를 사랑한다고 말했었다.

강철은 정말 은경을 사랑하고 있었다. 은경도 그런 것 같았다. 두 사람은 지금까지 서로 그런 말은 하지 않는 게 미덕인 것처럼 똑같이 행동들을 하고 있었다. 그러나 둘은 알고 있었다. 서로 둘이 너무 깊이 엮여 있다는 것을. 사실 처음 본 순간부터 둘은 안 그래도 되는데도 같이 있었다. 그리고 굳이 그럴 것이 없는데도 같이 행동을 했다. 괜히…

오늘 강철은 평화로웠다. 아버지의 죽음은 강철에겐 또 다른 하나의 교본이 되었다. 그것은 평화로움이었다. 너무도 자연스럽게. 마치 자고나니 어느 순간 가을이 이미 와 있는 것처럼 아버지 이문수 목사는 어느 순간 가을이 온 것 같이 그렇게 죽었다. 이 목사는 모든 것이 강철에게 한 걸음 앞 선 걸음이었다. 죽음 까지도… 그런 아버지가 있는 것이 강철은 행복했다.

"왔니?"

누나 영순의 차분한 말이 강철을 정신 들게 했다.

"누나."

“그래.”

영순은 말없이 강철의 등을 만져주었다.

은경도 영순에게 인사했다. 영순은 고개를 끄덕여주었다. 이미 교회당엔 거의 모든 교회 사람들과 동네사람들이 다 모여서 장례를 함께 치르고 있었다. 장지는 그대로 교회 뒷산으로 정했다. 아버지 이 목사 생전의 뜻이었다고 사람들은 입을 모아 말했다. 동네사람들이 다 같이 받아주는 것이 강철은 너무나도 고마웠다.

검은 정장을 한 은경은 예배당 모퉁이에 앉아 가만히 십자가를 응시하고 있었다. 예배당 뒤쪽이 바로 장례식장이 되어 있었기 때문이었다. 불가지론자임을 자처하는 무 신앙인인 은경의 그 모습이 강철이 보기에는 너무도 어울려 보였다. 마치 한 폭의 그림 같았다.

“호상입니다.”

마을주민인 듯한 한 남자가 강철을 위로했다.

“잔치를 하는 겁니다. 호상은… 86세니까 호상이지요.”

“아, 네. 감사합니다.”

강철은 공손히 인사를 했다. 그리고 강철은 예배당 한 구석에 앉아 있는 은경에게로 가서 가만히 손을 잡아 주었다. 은경이 돌아보고 강철에게 고개를 끄덕였다. 은경의 눈은 언제 보아도 깊었다.

지금 주변 세상이 아무리 혼돈스럽고 요동을 한다고 해도, 또한 인생에 어떤 변화와 고통이 온다고 해도 은경의 그 눈빛만 자신을 보고 있으면 강철은 괜찮다고 생각했다. 그 눈빛은 평화와 신뢰였다. 강철은 그녀를 사랑했다.

16. 이명박 대통령 평양에 서다.

2012년 10월 3일 수요일

드디어 이명박 대통령의 평양 방문 마지막 날 공동성명이 나왔다. 2012년 10월 3일 오전 10시는 한반도 역사에 영원히 기억될 역사적인 순간이 되었다. 통일선언이었다.

그동안 평양에서 대한민국 통일부와 조선민주주의인민공화국 통일전선부의 합동 태스크포스 팀을 통한 남북 당국의 합의에 따라, 남쪽의 이명박 대통령과 북쪽의 김정일 국방위원장은 2012년 10월 3일 오전 10시를 기하여 대한민국과 조선민주주의인민공화국의 통일을 선언하고, 한반도 전 지역의 자유왕래를 선포하기로 결정한 것이었다.

국가명은 대외적으로는 영어로 KOREA를 쓰기로 했고, 한자로는 天國으로 쓰고, 한글로는 그대로 '천국'으로 하기로 했다. 통일 국기는 사각 하늘색 바탕에 흰색 가로줄 셋을 쓰고 그 의미는 자유, 평등, 희망으로 하기로 했다.

국가는 추후 공모하기로 했고, 국가의 근본은 모든 사상과 철학의 자유를 보장하는 다당제 자유민주공화국으로 하며, 권력구조는 4년 연임의 대통령제로 하였다. 단, 통일대통령은 그 임기를 10년 단임으로 하기로 했으며, 국가총의회의 의원은 한반도 전역에서 엄격하게 인구 30만 명 당 1명씩 선출하고, 그 임기는 연임 가능한 4년제로 하되, 역시 통일의원은 그 임기를 10년 단임으로 하기로 했다.

통일 한반도의 행정구역은 2012년 10월 3일 10시 현재의 한반도 행정구역을 기본으로 확정했으며, 통일수도는 현재의 파주와 개성, 장풍을 묶어 그 사이에 신도시로 건설하기로 했고, 광역, 지역 주민의 철저한 자유 투표에 의한 지방자치제를 확립한다고 선언했다.

통화는 당분간 1대1 화폐개혁을 하지 않고 현재의 달러환율을 그대로 하되 현재 남북지역에서만의 사용을 허락하고 남북 타 지역에서의 사용은 그날의 달러환율에 의해 환전을 하여야만 하기로 하고 추후 적당한 시기에 단일통화로 통일하기로 했다.

남북 지역의 거주 이전은 향후 5년간 그 거주할 자치단체의 허가를 받아야 하고, 현재의 남북 군대는 각각 현재의 인원, 편제, 구조를 그대로 하되 단, 국방장관은 군통수권자인 대통령이 임명하며 1인으로 하여 남북 모든 군대의 통합 지휘를 맡기고, 모든 군대의 임명권은 통일 대통령이 갖기로 했고 서서히 통일한반도의 주변사정에 맞추어 군대를 조정해 나가기로 했다. 그리고 2013년도 신입생부터 한반도 모든 사관학교는 남북 복수에서 단수로 통합하며 한반도 모든 국민의 지원을 어떤 지역이나 출신에 상관없이 받아 단계적으로 군대의 통합을 이루기로 했다.

또한 2012년 10월 3일 10시를 기하여 세계에 있는 모든 남북의 외국 주재공관을 각 하나로 통합하여 통일 한반도의 대표성을 가지게 하되 인원, 조직, 정보 등의 감축 없이 그대로 통합하기로 하여 국가적 효율을 극대화하기로 했으며 그 대표 대사는 통일대통령이 임명하기로 하고 그때까지는 연장자가 대표대사, 연소자가 합동대사를 맡기로 했다.

현재의 155마일 비무장 지대는 2012년 10월 3일 10시를 기해 완전 개방하고 모든 상호 적대적 무장을 해제하며 추후 그 개발은 절대적으로 중앙정부의 통제를 받기로 했다.

이와 같은 내용 등의 통일헌법과 그 구체적 세부사항들을 한 달 후인 2012년 11월 7일 한반도 남북 전 지역에서 동시

에 국민투표에 붙이고, 통일 대통령 선거 및 통일의원, 지방
자치단체장 및 의원 선거는 2013년 3월 1일로 하고, 그 당선
자는 취임준비 위원회를 조직하여 초대 통일 정부를 구성하
고 2013년 5월 1일 통일 한반도의 초대대통령으로 취임과
동시에 새로운 통일국가 '천국'의 개국을 전 세계에 선포하
기로 했다.

2012년 10월 3일부터 2013년 5월 1일까지는 현재 남북의
국가조직과 지도자들이 그날을 위하여 최대한 준비와 협조
를 아끼지 않기로 합의를 하고, 2013년 5월 1일 취임식과 더
불어 전권을 이양하기로 했다.

이상이 오늘 이명박 대통령과 김정일 위원장의 발표 내용
요약이었다.

강철은 만감이 스쳤다. 그동안 얼마나 많은 선배, 동료, 후
배들이 이 조국이라는 이름 앞에, 이 민족이라는 이름 앞에,
이 통일이라는 대명제 앞에 목숨을 바치고, 인생을 내려놓
고, 청춘과 바꾸고, 사랑하는 사람들을 내놨던가? 눈물이
났다. 이렇게 될 걸…

이명박 대통령과 김정일 위원장은 참 복도 많은 사람들이
었다. 이명박 대통령은 발표장에 검은 두루마리를 입었는데
이제 그 얼굴 모습이 마치 옛적 김구 선생님을 보는 듯 꼭

빼닮았다. 그도 몇 년 사이 많이 늙었다. 김정일 위원장에게서는 뭔지 모를 생기와 기쁨이 온 얼굴에 충만하여 꼭 그 큰 일을 즐겁게 하는 소년과도 같았다. 그로서는 대를 이은 위대한 대혁명을 마무리 하는 것으로 여기는 것 같았다.

전 세계의 언론과 논평들이 쏟아져 나왔다. 놀라움과 찬사 일색이었다. 어느 누구도 예상 못한 만큼의 빠른 속도였다. 엄청난 충격이었다. 한반도 인들이 평화적으로 통일을 이루어내는 것을 보는 것은 그들의 역사와 경험적 예측으로는 도저히 생각할 수 없었던 일이었던 것이다.

남과 북의 민중들은 온통 축제였다. 완전한 자유였고, 완전한 평화였고, 완전한 희망이었다. 이제 더 이상 피를 흘리지 않아도, 이제 더 이상 굶지 않아도, 이제 더 이상 통일리스크에 매번 발목을 잡히지 않아도, 이제 더 이상 소국의 범주에 갇히지 않아도, 이제 더 이상 어떤 감시에도 불안해하지 않아도, 이제 더 이상 잘라진 한반도라는 섬에 갇히지 않아도, 이제 더 이상 폭력적 이념투쟁에 시달리지 않아도, 이제 더 이상 야비한 외국인들의 눈치를 보지 않아도 되었다. 통일이 된 것이다.

그러나 강철은 불안했다. 갈 길이 너무 멀었다. 앞으로 정확히 6개월 29일이 남았다. 그동안 큰 선거를 두 번이나 해야 한다. 바로 두 달 후인 12월에는 남쪽의 대통령 선거가 있다.

그대로 가만히 있으면 박근혜는 대한민국의 대통령이 될 가능성이 가장 크다. 또한 남과 북의 모든 국회의원들, 자치단체장들과 같은 기득권자들은 그 모든 것을 포기하고 다시 해야 한다.

누군가는 그만큼 다 포기해야 한다. 또 그 사이에 어떤 돌발 변수가 있을 지는 아무도 알 수가 없다. 아니, 그 시간이면 어떤 사건도 만들어낼 수 있는 충분한 시간이었다. 무엇보다도 북의 김선호 대사의 말이 생각났다.

"지금 북은 이미 완전 혁명 상황입니다. 지금 김정일은 명목상으로만 지도자입니다. 실제상황입니다. 벌써 권력은 다 넘어갔습니다. 김정은은 말할 것도 없습니다. 지금은 김씨 일가의 목숨을 살리기 위한 김정일의 쇼일 뿐입니다. 통일을 반대하는 것이 아닙니다. 단지 남한 인민들에게 속고 있다는 것을 알려드리는 것뿐입니다. 그 '천지'의 정체를 우리도 아직 모르고 있습니다… 우리는 나 같은 현재 북의 엘리트 그룹이라고 하는 사람들입니다. '천지'의 노선이 불명확합니다. 앞으로 그가 어떤 그림을 그릴 지 확신이 없습니다. 단지 엄청난 음모가인 것만은 확실합니다. 그리고 그 추종자 그룹이 엄청난데도 그들이 누구인지를 우리도 서로 서로 모르고 있는 것입니다."

강철 역시 이 모든 진행과정이 '천지'의 작품이라는 확신을 가지고 있었다. 이것은 강철의 학생운동 경험에 비추어 보면 북 권력의 통일전선전술이 분명했다. 결국 지금 이명박 대통령이 김정일로 위장된 누군가에게 철저히 속고 있는 것이 분명했다. 옛날 김구 선생이 김일성의 통일전선전술에 속아 3.8선을 넘었던 기억이 생생했다. 앞으로의 7개월은 너무 길었다. 그 사이에 무슨 일이 일어날지는 아무도 모르지 않겠는가.

강철은 최현규 목사의 급한 연락을 받고는 광화문에 있는 한국기독교연합회가 이름을 바꾼 한국그리스도 교회연합 사무실로 갔다.

"강철, 한국그리스도 교회연합 북한담당 총무를 좀 맡아 주지 않겠는가?"

최현규 목사는 심각하게 강철에게 제안했다.

"네? 제가요? 어른들도 많이 게신데 제가 어떻게? 그리고 그 일은 선배님이 직접 하시던 자리 아닙니까?"

"그렇지만 그 일은 강철 자네가 더 해야 할 것 같아. 자네가 그 일에 더 적격이야. 북쪽하고 이제 직접 일을 해야 해. 어른 목사님들도 다 그렇게 생각해. 나는 또 다른 일을 맡기로 했고. 나는 부회장을 맡았어."

"그래요? 그럼… 말씀대로 하겠습니다."

강철은 거절하지 않았다. 현재 이 한반도의 가장 중심부에서 역사의 현장을 직접 지나가고 싶었다. 그리고 자신도 뭔가 할 일이 있을 것 같았다.

"그런데 목사님, 현재의 이 상황에 지금 우리 교회가 어느 정도 관여하고 있습니까? 天國이란 발상은 도대체 어디서 나온 겁니까? 교회에서 나온 단어입니까?"

강철은 속에 있던 말을 최 목사에게 물었다.

최현규 목사는 잠시 창밖으로 멀리 남산을 바라보았다.

"강철아, 지금 우리의 통일은 옛날에 있던 국가를 회복하는 것이 아니야. 우리는 한 번도 남북이 함께 근대적인 의미의 국가를 해본 적이 없어. 수천 년의 봉건 왕조시대를 지나 식민지 후에 바로 갈라졌지. 남북이 같이 민주국가를 해본 적이 없어. 우리는 지금 역사상 처음으로 한반도 전체에 민주국가를 세우는 거야. 전주 이씨 왕조 국가인 조선을 다시 회복하는 것도, 왕씨 국가 고려를 다시 일으켜 세워주는 것도, 신라를 다시 일으키는 것도, 백제를 다시 회복하는 것도, 고구려를 다시 세우는 것도, 고조선을 다시 세우는 것도, 그 이전의 동국을 다시 세우는 것도 아니야. 이제야 비로소 이 한반도 안의 모든 공동체 구성원들이 민주국가를 처음으로 해 보는 거야. 나라는 그 왕조가 주인이 아니고 민중이 항상 주인이었지. 그러나 한 번도 민중이 주인인 적이 없었어. 모든 민중은 그 왕조의 신하였지. 그것이 나라였어. 그러나 이제 이 한반도 역사상 처음으로 온 한반도 땅에 진정한 민중이 주인이 되는 민주공화국을, 진짜 새로운 나라를, 우리 민족 역사상 처음으로 이제 세우는 거지. 지금 이 순간에. 그것이 이 통일국가야."

잠시 최 목사는 감격에 겨운 듯 말을 끊었다.

"철이 너도 알겠지만, 中國은 벌써 중심 中을 확보 했어. 日本 역시 태양 日과 뿌리 本을 확보했어. 우리는 하늘 天을 가져야 해. 그래야 진정한 새로운 나라가 되는 거야. 中이나 日보다 天이 위야. 이제 우리 天은 이 지구상의 가장 새로운 패러다임을 가진 국가야. 곧 열릴 우주의 패러다임에서 근본이 되는 나라가 되는 거지. 남북의 실무자들이 엄청난 고민과 토론 끝에 얻은 결론이야. 天이라는 단어는. 또한 옛날에는 국가 지도자를 천군(天君)이라 부르기도 했어. 오히려 교회에서는 교회의 단어로 오해가 될까 걱정을 했지. 나중에 찬성을 하긴 했지만 교회에서 주도한 단어는 아니야. 어차피 서양 사람들은 KOREA로 알고 있어. 동양 사람들에게나 天은 의미가 있는 거지. 이제 우리 天國은 바야흐로 자체 내수시장을 가진 자족 규모의 국가가 되었어. 다음 시대에는 이것이 가장 중요해. 이것을 이루지 못하면 절대 1급 국가가 될 수 없어. 이것이 통일의 가장 중요한 의미야. 지금 이 시대에서는. 이 한반도 안의 모든 사람들이 다 같이 먹고 사는 길이야. 통일밖에 없어. 이명박 대통령은 진짜 실용주의자야.”

“그리고 선배님, 통일 초안 대부분이 남북의 현재를 현상 유지 그대로 한 채 말만 통일인 듯 미봉책인 것 같던데”

“무슨?”

“군대를 그대로 각자 두고 어떻게 통일이 됩니까?”

“그건 철이 네가 몰라서 하는 말이다. 그래도 한 대통령과 한 국방장관 밑에 두 군대를 묶은 것은 기적이야. 임명권을 통일 대통령이 가진 것은 양 쪽이 다 준거야. 그리고 그 많은 청년들을 군대 안에 일단 묶어두는 것이 가장 비용이 적게 들어. 천천히 사회로 내보내야 돼. 그 사이 통일개발 사업에 그 청년들을 군대란 이름으로 활용하는 것이야말로 가장 효율적이지. 그리고 차츰 국방개혁을 해나가면 돼. 잘한 거야. 외교도 지금 남북이 가지고 있는 각자의 우수인력과 정보능력이 얼마나 큰데 그것을 버리거나 누출시키면 큰 손해야. 다 우리의 훌륭한 자산이지. 우린 다 담아낼 수 있어. 지금도 어차피 다 쓰고 있는 돈들이야.”

“그리고 통화를 각자 따로 쓰는데 어떻게 자유왕래이고 통일국가가 될 수가 있습니까?”

“독일이 통일 후 가장 실수한 일이 뭔지 아나? 바로 통화의 1대1 화폐개혁이었지. 그로인해 상상을 초월할 정도의 고통이 생겨났고. 지금 북쪽은 그대로 그들의 생활방식과 규모대로 일단은 지나가야 해. 그래야 그 상태에서의 발전을 극대화 시킬 수가 있는 것이야. 바로 섞어버리면 안 돼. 남쪽 돈이 좀 넉넉하게 들어간 다음 1대1로 돈을 섞어도 늦지 않아. 그리고 통화 평계로 북쪽의 슬림화를 막을 수가 있는 것이야. 북쪽의 상품가치가 그래야 높아져. 그들의 생활도 향상시키면서 동시에 이룰 수가 있는 방법이지.”

“그럼 이제 우리나라는 어떤 체제라는 겁니까? 서로 어떻게 의견통일을 하고 합의를 한 거예요?”

“체제는 완전한 자유민주공화국이라는 바탕 위에 각 지방자치단체에서 그 단체장과 의회를 통한 주민의 뜻에 따라 사회주의적 민주주의나 시장자본주의적 민주주의로, 각각 그 정책으로 운용할 여지가 충분히 있는 거야. 중앙정부에서는 자유민주주의라는 큰 테두리만 펼쳐주면 되는 거고. 하나도 어렵지 않아. 지금도 남쪽에선 이미 그런 방향으로 하고 있잖아? 이젠 국가의 체제라는 것도 유연성 있게 각각 그 시기와 인물에 맞게 정책으로 운용하는 시대가 왔어. 세계적인 조류지. 효율일 뿐이야. 이렇게도 해보고 저렇게도 해보고, 그 중심엔 결국 사람이 있는 것이지. 사람의 행복이야. 이제 우리의 통일국가는 그런 나라가 되어야 해. 그리고 우리는 해방 이후 지금까지 모든 사람이 다 모두가 모두에게 서로 서로 죄인이야. 다 잊고 용서해야 해. 이제 이 나라는 새 시대에 세계사적으로도 새로운 모델이 될 거야. 나는 그렇게 확신하네."

일개 목사의 입에서 마치 통일주체세력과도 같은 논리가 쏟아져 나왔다. 강철은 지금 이들이 어느 정도까지 통일에 관여하고 있는 지 두려웠다.

다음날인 2012년 10월 4일 아침 한나라당의 박근혜 후보와 민주당의 손학규 후보는 곧바로 어제 발표된 통일 초안을 받아들이고 일체 대선 및 모든 대통령선거운동을 정지하기로 하고, 2013년 3월1일의 통일대통령 선거에 합류할 것을 선언했다.

사전에 모두가 의견조율이 있었던 듯 했고, 무엇보다도 두 사람은 김정일이나 김정은 누구하고 상대를 해도 선거에서의 승리에 자신을 가지고 있는 것 같았다. 이제 시간은 5개월 뿐이었다. 5개월 만에 모든 통일대통령 후보들은 남북의 7,500만 국민들에게 자신을 알리고 득표활동을 해야 한다. 곧바로 남북 양쪽에서 선거운동 캠프가 차려졌다. 남쪽은 한국 대통령선거에서 통일대통령선거로 급하게 전환을 했다. 5개월만이 모두에게 주어진 시간이었다. 모든 것이 급박하게 진행되었다. 지금은 모두에게 한 순간 한 순간이 역사였다. 북쪽에선 아직 통일대통령 후보로 누구도 나서지 않았다. 단지 공식적으로는 그랬다. 하지만 모두는 김정은의 등장을 기정사실화하고 있었다. 북에서 김정은을 제외하고는 누구도 감히 그 앞으로 나설 수는 없었다. 누구나 그렇게 믿었다.

그러나 강철은 이제 비로소 '천지'의 실체가 드러날 것을 예견했다. 때가 된 것이었다. 이명박 대통령에게도 누군가 그의 실체와 음모를 직언해야 할 때라고 강철은 확신했다. 이 대통령은 분명 '천지'의 실체에 대하여 아예 모르고 있거나 아니면 과소평가한 것이 분명했다. 강철 자신이 한국그리스도 교회연합의 북한담당 총무직을 받아들인 것도 이 일에 어쩌면 자신의 역할이 있을지도 모른다는 생각 때문이었다.

17. 평화통일로 가는 길

2012년 11월 7일 수요일

아침부터 한반도 역사상 최초의 남북한 동시투표가 진행되고 있었다. 어느 누구도 감히 투표에 부쳐진 통일 헌법 초안에 대하여 공공연히 반대의견을 나타내지는 못했다. 특히 북쪽 인민들의 반응은 가히 폭발적이었다. 마치 거국적인 승리의 분위기였다. 이후의 통일대통령선거도 마치 전투에 임하는 감정적 상태를 나타냈다. 그리고 특이하게도 남쪽에서는 통일초안이 보수 한나라당의 이명박 대통령 작품인데도 불구하고 진보세력에서 가히 압도적인 지지를 얻고 있었다.

통일은 이제 거스를 수 없는 대세가 되었다. 남쪽의 보수

세력들은 뭔지 모를 불안감에 싸여있었다. 단지 대세를 거스르지 못할 뿐 공공연히 걱정스런 부정적 감정을 나타내기도 했다. 하루 온종일 남북의 투표장 주변과 매스컴에선 온통 축제분위기였다. 중간 중간 발표되는 출구조사 및 여론조사에서는 남북 가히 100%에 가까운 찬성률을 보이고 있었다. 한반도에 통일은 왔다.

단지 찬반만을 묻는 투표였던 관계로 개표는 남북을 모두 합하여 그 결과가 오후 10시를 좀 넘자 바로 50%이상 찬성 결정이 났고 평양과 서울에서 동시에 한반도 남북 총 투표를 통하여 통일헌법이 가결되었음을 선언하고, 그에 따른 통일 일정을 확정했다.

이제 통일에 거리낄 것은 없었다. 통일은 되었다. 이미 남북 간에 모든 걸림은 2012년 10월 3일을 기해 사라졌고, 모든 남북의 국민들은 아무 제한 없이 그날부터 자유로이 왕래하고 있었다. 마치 새로운 나라가 하늘에서 뚝 떨어진 것처럼 서로에게 자유로이 열린 새 나라에서, 한 달 밖에 안 지났는데도 불구하고 북쪽의 구석구석에는 남쪽 사람들의 관광으로 말 그대로 난리가 났다.

모든 남쪽 사람들이 전부 북쪽에 가 있는 것 같았다. 그 경제적 효과는 가히 상상 이상이었다. 벌써 새로운 사업거리를 찾는 남쪽 사람들로 북쪽 사람들은 정신이 혼미해질 정도였다. 바야흐로 한반도에 골드러시바람이 불기 시작한 것이다. 그것은 바로 통일특수였다. 앞으로 한반도의 사람들이 100년은 충분히 바빠질 것 같은 일거리가 생겼다.

이제 이곳은 말 그대로 천국이 되었다. 놀라운 기적이 이 땅에서 일어난 것이었다. 온 세계의 뉴스는 실시간 특보로 한반도의 통일헌법통과를 내보내고 있었다. 대한민국과 조선민주주의인민공화국은 2012년 11월 7일 '천국'으로 하나가 된 것이다.

이제 2012년 12월 1일부터 공식적인 통일대통령 선거운동이 시작될 것도 결정났다. 하늘색 바탕에 하얀 가로줄 세 개가 그려진 새로운 국기가 한반도 전역에 휘날리고 있었다. 그것은 자유와 평등과 희망의 새로운 국기였다.

2012년 11월 19일 월요일

아침 10시. 강철이 요즘 이 지각변동의 시기에서도 제일 놀란 일이 터졌다. 그건 또한 강철이 가장 두려워했던 일이기도 했다. 바로, 북쪽의 조선노동당과 남쪽의 한국민주당이 반반씩 이름을 조합하여 조선민주당이란 당명으로 통합, 완전히 새로운 전국정당으로 창당을 했다. 놀라운 일이었다.

무엇보다도 국민투표가 끝나고 바로 12일만에 이 일을 단행한 것은 최소한 사전에 치밀하게 이 통합을 준비해왔던 것만은 분명해졌다.

강철은 옛날 학생시절 미군 철수 이후 남과 북의 사회주의 통합국가 건립을 운동의 최고 기치로 내세우고 사활을 걸었던 기억이 났다. 지금 일어나고 있는 이 모든 일들은 분명히 그들의 전형적인 전술전략이다.

그동안 60년이 넘게 그들이 해왔던 모든 작업이 완성되는 것이었다. 이명박 대통령은 운동 쪽에 몸담은 바가 없는 경제인 출신이라 이런 깊은 운동권의 실질적 전략을 잘 모르는 것이 분명했다. 지금 남쪽은 완전히 당했다.

강철은 맥이 빠졌다. 개성공단 개발 계획을 3단계에 걸쳐 세울 때에도 그들은 2012년까지만 계획이 있었다. 그 이후는 추후협의로 했다. 그리고 그들은 1998년 8월 22일자 노동신문 정론에서 처음으로 강성대국을 제시하였고, 2000년 신년공동사설에서 강성대국 3대 기둥을 제시했는데, 2007년 11월 30일 전국지식인대회에 이르러서 2012년을 강성대국의 대문을 여는 해로 정하며 통일강성대국을 선포한 것이었다. 그때가 바로 '천지'가 등장한 시기임이 분명했다.

2007년인 것이다. 2012년을 통일의 해로 정했다는 것이 바로 강성대국건설의 핵심이었고, 이제 그들은 그들의 강성대국을 이룬 것이었다.

강철은 머리끝이 쭈뼛했다. 마치 상대의 카드 패를 미리 본 기분이었다. 그런데 그것은 악몽이었다. 강철 외엔 아무도 모르는 것 같았다.

남쪽은 장밋빛 축제뿐이었다. 이제 강철이 예견 했던 대로 통합된 조선민주당이 선거에서 이기는 일만 남은 것 같았다. 그러면 그 이후엔 상상도 하기 싫었다. 정말 해적에게 호화유람선이 통째로 털리는 것이다. 결국엔 29살 된 김정은이 초대 통일대통령이 된다는 말인가? 북의 조선노동당과 남의 민주당이 합했으면 그 표만 해도 50%를 넘는 것 아닌가? 거기에 교회까지 가세하면 아무리 박근혜라 해도 되겠는가? 결국 남쪽의 한국민주당은 그쪽에선 소수 일뿐이고… 강철이 예상 했던 최악의 시나리오가 그대로 진행되고 있었다. 오히려 꿈이 아닌가 여기고 싶을 만큼이었다.

2012년 11월 21일 수요일

조선민주당이 창당된 지 이틀 만인 2012년 11월 21일 그들은 조선민주당 통일대통령후보 경선에 들어갔다. 경선일은 바로 다음 주 수요일인 2012년 11월 28일이었다. 쓰나미와 같이 그들의 행보는 상상을 뛰어넘어 그야말로 전광석화와도 같았다.

남쪽 옛 민주당 쪽에서는 손학규 전대표가 통일대통령 후보경선에 나섰고, 놀라운 일은 북쪽의 통일대통령 경선후보가 김정은이 아니었다는 사실이었다. 김정일도, 장성택도, 그렇다고 다른 제3의 북쪽 인물도 아니었다. 김은석이라는 전혀 새로운 인물이었다. 더욱 놀라운 것은 김은석은 강철이 아는 사람이라는 사실이었다. 강철은 등줄기에서 식은땀이 흘렀다.

김은석 후보는 미국 하버드 로스쿨 출신의 약간은 마른 듯 한 미남형 국제변호사로 미국 워싱턴 주의 로열카운티 현직 시장이었다. 현재 46세로 차세대 한민족 지도자로 선정되어 청와대에도 세 번이나 초대된 적이 있는 미국 시민권자였다. 그가 통합 조선민주당의 조선노동당 쪽 통일대통령 후보로 경선에 나왔다는 것은 정신이 혼미해질 정도의 충격적 사건이었다.

마치 강철은 누군가에게 철저하게 농락을 당하고 있다는 느낌이 들었다. 그러나 김은석은 가히 남북 국민들에겐 폭발적 관심을 끌었다. 한반도의 새로운 희망으로 부각되며 마치 연예인과도 같은 인기를 끌 조짐마저 나타났다. 무엇보다도 그가 김정일 위원장과 과거 북한 지도부의 전폭적인 지지를 얻고 있다는 것에 큰 의미가 있었다. 그것은 그가 남쪽 사람들에게도 통일 후의 한반도 지도자로서 큰 신뢰감을 준다는 뜻이었다.

그의 아버지 김한경 박사는 미국의 유명한 외과의사로 재미교포 1세대 친북인사로 알려진 북한 함흥출신의 인물이었다. 과거 김일성 주석과도 개인적 친분을 가지고 있었고 김정일 위원장과는 막역한 사이로 알려져 있었다. 그런 그의 아들이 북쪽 통일대통령후보로 등장했다는 것은 김일성 주석과 김정일 위원장이 그를 통일 후를 대비하여 비밀리에 키워온 카드라는 것이 분명했다.

경선을 빌미로 조선민주당은 남북 구석구석까지 누비고 다니며 김은석과 손학규 바람을 일으키고 있었다. 북쪽에 전혀 기반이 없는 이전의 한나라당도 '한국공화당'으로 당명을 바꾸었지만 통일 이전에 이미 대한민국대통령 후보로 선출되었던 박근혜 후보는 활기차게 앞서 나가는 조선민주당을 정식 선거운동이 시작되는 2012년 12월 1일까지는 그저 쳐다보고 있을 수밖에 없었다.

벌써 한반도 전역에서 한국공화당과 조선민주당의 여론조사 선호도 격차는 조선민주당 우세로 12%나 차이가 벌어지고 있었다. 손학규 후보와 김은석 후보 중 누가 나와도 박근혜 후보에게 우세로 나왔다. 놀라운 일들이 모두의 눈 앞에서 일어나고 있었다. 분명 '천지'는 북쪽 사람이 아니다.

이명박 대통령은 그저 눈뜨고 당하는 것처럼 보였다. 무기력했다. 시간이 지날수록 박근혜의 존재감은 떨어지고 있었다. 박근혜의 가장 큰 지지 세력인 남쪽의 불교계는 노골적으로 반이명박, 반기독교 정치운동을 펼치기 시작했다. 이 대통령은 앞뒤로 적에 둘러싸인 꼴이 되어버렸다.

누군가 지금 이 모든 일을 기획하고 있는 자는 분명 대단한 자였다. 이건 하루아침에 이루어지는 것이 절대 아니다. 철저하게 준비되어 계획에 따라 차례차례 진행되고 있었다. 최소한 5년 전 부터인 것은 확실했다.

또한 '천지'가 미국과 깊은 연관이 있는 것도 분명해졌다. 시간이 지날수록, 통일의 완성이 가까워질수록, 상황은 점점 예측불가였다. 뿐만 아니라 이 모든 일정이 생각할 겨를도 없이 급박하게 이어져 진행되는 것도 '천지'의 치밀하게 의도된 계획이 분명했다. 강철은 혼란스러웠다.

더 혼란스러운 일은 다음날 강철 자신에게 나타났다.

18. 김정일 위원장 세례교인이 되다.

2012년 11월 22일

최현규 목사에게서 아침 일찍 연락이 왔다.

"이 총무, 내일 평양에 들어갔다가 와야겠어."

"네? 왜요?"

"김정일 위원장이 이강철 총무를 개인적으로 만나기를 원해."

"네? 저를요?"

"그래."

"왜요?"

"글세… 사실은 이 총무가 북한담당총무가 되는 데에는

북쪽의 요구도 있었어."

"저를요? 저는 이제 옛날의 제가 아닌 것을 선배님도 잘 아시지 않습니까? 더 이상 저는 좌파도, 사회주의운동가도 아니고, 북쪽에 우호적인 사람도 아닌데 왜일까요?"

"글쎄, 아버님 때문이 아닐까? 아무튼 평양에 들어갔다가 와. 어떤 경우든 교회에 유익한 일이 되도록 하라고. 자네는 교회의 대표라는 사실을 잊지 말고."

"알았습니다."

평양 근처의 특별초대소에서 강철은 김정일 위원장을 만났다. 통일선언은 있었지만 정식으로 통일대통령이 취임하여 통일국가 '천국'의 개국을 선언하는 2013년 5월 1일까지는 모든 것이 조심스러운 과도기였다. 아직 남북 양쪽 군부의 극도로 긴장된 모습이 곳곳에서 나타나고 있었다.

김정일 위원장도 철통같은 경호와 안전보장이 이루어지고 있었다. 남북양쪽의 사람들이 상호 왕래를 한다고 하지만 아직은 예전 남북의 법과 조직에 의한 통제가 각각 이루어지고 있어서인지 관광과 상호 호기심해소 정도만의 여행이 이루어지고 있었다. 그러나 사실은 이것이 향후 통일한반도엔 유익한 진행이었다. 이렇게 진행되는 것이 북쪽 주민들의 실제생활에 발전이 이루어지는 것이기 때문이었고, 그것은 통일문제의 가장 큰 걸림을 해결해나가는 자연스러운 진행이기도 했다. 통일 전과 다른 변화 없이 모든 일상사가 북에서는 그대로 이어지고 단지 남쪽의 사람들이 손님이 되어 그들의 소득을 높여주는 간단한 원리였다.

"아버님 일은 안됐네. 통일을 못 보셨어. 이제 다 됐는데. 시간은 항상 자기 계획대로만 가는구만."

김정일 위원장은 마치 집안사람을 보듯이 강철에게 자상하게 말했다.

"감사합니다."

강철이 공손하게 말했다.

"내가 오늘 자네를 부른 것은 다름이 아니라 교회 얘길 좀 들어보려고 불렀네."

강철은 순간 당황했다. 그런 말은 사실 전혀 예기치 못한 말이기 때문었다.

"말씀하십시오."

"자네가 말해봐."

"네?"

"전부 다."

"………"

강철이 말을 이해 못하고 있자 김 위원장이 대신 간단하게 말했다.

"나를 전도해봐."

강철은 잠깐사이에 만감이 지나갔다. 이 순간이 정치인지 종교인지, 공인지 사인지, 이용을 당하는 건지 이용을 하는 건지 모호했다. 그때 강철은 평양에 올라올 때 최현규 목사가 한 이야기를 생각했다.

"어떤 경우든 교회에 유익한 일이 되도록 하라고. 자넨 교회의 대표라는 사실을 잊지 말고."

강철은 차분하게 말하기 시작했다.

"그럼 하나님을 믿으십시오. 예수를 믿지 말고 하나님을 믿으십시오. 그리스도교는 하나님을 믿는 일입니다. 하나님을 믿는 종교가 아니고 하나님을 믿는 일입니다. 기독교는 그리스도교의 중국말입니다. 하나님을 믿는 사람은 예수를 그리스도로 믿습니다. 그리고 자신도 그리스도가 됩니다. 그리스도는 기름을 부음 받은 사람이라는 뜻입니다. 그가 바로 하나님의 아들입니다. 이런 사람들을 그리스도인이라고 하고, 그 사람들이 모여 있는 곳이 교회이고, 그안이 바로 하나님의 나라입니다. 그런데 하나님의 나라는 사랑의 나라입니다. 바로 사랑이 하나님이고 그 생각이 바로 성령이기 때문입니다. 내 마음 속에 사랑이 가득하면 이미 하나님의 나

라가 이루어진 것입니다. 이것이 바로 크리스천들의 구원입
니다.”

“죽은 다음에는?”

“저는 한 귀신들렸다는 여자가 자신과는 전혀 상관이 없
는 남자의 일생을 전부 알고 자신이 그라고 하는 것을 보았
습니다. 물리학자인 저는 그것을 정보로 보았고 그것이 바로
영혼이라고 불리는 것을 알았습니다. 어떤 이유로인지 사람
의 뇌가 동작을 멈추어도 그 평생의 경험된 정보는 살아남
아 존재하는 것입니다. 그것이 바로 영혼입니다. 더 이상 업
그레이드되지 않는 정보입니다. 그래서 자신의 평생의 기억
정보가 아름다우면 그는 천국에 사는 것이고 자신의 평생
의 기억정보가 고통스러우면 그는 영원토록 고통스러운 기
억정보 속에서 사는 것입니다. 그것이 바로 천국과 지옥입
니다. 그러다가 다른 뇌에 흡착하여 작동하면 그 뇌를 자신
의 기계로 사용합니다. 마치 바이러스와 똑같은 원리입니다.
그것을 귀신이라고 부릅니다. 그런데, 그 기억정보가 이 지
구의 중력장 안에 있지 않고 어떤 방식인지는 아직 모르지
만 이 지구의 중력장을 벗어나 그곳이 다른 차원인지, 아니
면 이 현존하는 우주에서 완전히 밖으로 나가는 어떤 그곳
이 바로 하늘나라입니다. 그곳엔 이미 다른 어떤 존재들이
있습니다. 그들은 그 방법을 알고 있었습니다. 뇌라는 물질

이 경험된 정보를 만들고 그 정보는 자신의 한 정체성을 이루고 내가 되어져서 이 물리계를 떠나 나라는 정체성을 가진 정보로만 다른 그들의 곳으로 가는 것이 바로 하늘나라에 가는 것입니다. 그들이 바로 천사들이라고 불리고 그중의 왕이 하나님입니다. 그 하나님이 흙으로 사람을 만든 것입니다. 흙은 땅이고 땅은 별이고 별은 물질이고 물질은 원소입니다. 바로 그 흙인 원소로 사람을 만드는데 이 지구의 물리계에서 40억년이 걸린 것입니다. 그러나 그들의 물리계에서는 7일인가 봅니다. 이 모든 것은 사실입니다. 지금 이 자기 자신이야말로 정말로 신기한 기적이고 소중한 존재입니다. 그것이 바로 주체 정신입니다. 그 소중한 주체적인 자아를 아름답게 만들어 하나님의 나라에 들어가야 영원한 복지를 누리게 되는 것입니다. 그 안에서는 우리가 모두 한사람입니다. 그것이 바로 그리스도인들의 삶입니다. 자신이 스스로 좋은 정보기억을 만들어 그 안에서 영원한 복을 누리는 것은 누구나 인간은 하나님을 닮은 영성을 가졌기 때문에 가능하지만 그것은 단지 기억 속에서만 있는 것입니다. 변함이 없는, 더 이상 업그레이드가 불가능한 기억으로만 영원히 존재하는 것입니다. 그것을 사람들은 귀신들이라고 말합니다. 하지만 이 물질계에서 빠져나가 그 정보기억 속에서도 서로 관계를 가질 수 있는 또 다른 세계가 있는데 그곳을 하늘나라라고 하고, 물질로는 이 중력장을 못 빠져 나가고 단지 정보로만 빠져나갈 수가 있습니다. 그래서 그곳은 그들이 데려가야만 갈 수가 있는 것입니다. 그들이 그 길과 그 방법을 알고 있습니다. 그 모든 것을 관통하는 것이 바로 사랑입니다. 그것을 크리스천들은 이루었습니다."

강철은 있는 그대로, 자신이 알고 있는 그대로를 물리학적 단어를 섞어 말했다.

"음… 과연 듣던 대로구만. 물리학자답구만. 우리 주체정신과도 궤를 같이 해. 그런 하나님을 어떻게 아나? 있는지 없는지?"

김 위원장은 진지하게 강철을 보았다.

"그것은 오랫동안 수많은 사람들의 경험적 실례로 입증된 것입니다. 하지만 무엇보다도 현재 이 지구상에서 하나님을 믿는 크리스천이 25억 명에 이릅니다. 굳이 믿을 이유가 없다면 또한 굳이 안 믿을 이유도 없습니다. 지금 이 우주가 우연히 현재의 이 모습으로 존재하려면 그 확률이 쓰레기장에 벼락이 쳐서 우연히 그 쓰레기들이 바람과 충격에 분해 조립되어 747비행기가 만들어져서 하늘로 날아가는 것보다 더 작은 확률입니다. 하나님이 있느냐 없느냐는 반반입니다. 그런데도 굳이 안 믿을 이유가 없습니다. 이제 모든 인민들이 하나님을 믿게 해주시고, 지도자님도 하나님을 믿으십시오.

세계에 이 인민들이 자유롭게 편입하는 방법은 크리스천이 되는 것이 가장 좋습니다. 하나님을 믿는 것이 사랑인데, 나쁜 일이 아니라면 말릴 필요는 없습니다."

강철은 담대하게 말했다.

"그래서 내가 오늘 자네를 부른 거 아닌가? 또 내가 이미 다 허락을 했고."

강철은 말하는 중에 가슴이 벅차오르는 것을 느꼈다. 언젠가 평양에서 정오정 목사가 흘렸던 눈물의 의미를 알 것 같았다.

"위원장님도 이제 하나님을 믿으십시오."

2012년 11월 28일 수요일

드디어 통일대통령 선출의 모든 준비가 끝났다. 조선민주당의 통일대통령후보 경선에서 김은석 후보가 손학규 후보를 누르고 당선된 것이었다. 이젠 한국공화당의 박근혜 후보와 조선민주당의 김은석 후보가 통일대통령자리를 놓고 2013년 3월 1일 금요일 한 판 맞붙게 되었다.

손학규 후보는 조선민주당의 당 대표로 취임하여 당권을 잡았다. 모든 것이 사전에 치밀하게 짜 맞추어진 각본 같았다. 그러나 김은석 대통령후보와 손학규 당대표 조합은 사실 국제적인 명품조합이었다.

미국명문 하버드대학 출신의 국제변호사 김은석 후보와 영국명문 옥스퍼드대학 정치학박사 출신의 손학규 후보의 만남은 세계 어디에 내놓아도 당당한 만남이었다. 그들이 예전의 북한 조선민주주의인민공화국의 새 얼굴들이라는 사실에 세계가 다시 한 번 놀랐다.

김정은만 상대로 쉽게 생각했던 박근혜 후보는 벅찬 싸움을 벌여야 했다. 졸지에 수세로 몰린 것이다. 또한 남쪽에서도 가장 역동적인 기독교조직과의 적대적 관계로 인해 남쪽에서만의 승리도 장담할 수없는 지경이 되어버린 상황에서 북쪽과 남쪽 진보연합의 합동공세를 상대하는 것은 전혀 예상치 못한 일이었다.

김은석 후보와의 여론조사결과도 며칠사이에 2%나 더 떨어져 14%차이로 벌어졌다. 아무튼 2012년 11월 28일 옛날 조선노동당과 민주당이 합당하여 만든 신당인 조선민주당의 새 통일대통령 후보로는 김은석 후보가, 당 대표로는 손학규 후보가 각각 선출되었다. 이제 진짜 그들의 진용이 짜여진 것이다. 누가 보아도 최강의 진영이었다. 거기에 더하여 김은석 후보는 막강한 미국의 힘을 등에 업고 있었다.

한국공화당 진영에서는 몇 년째 박근혜 후보의 독주로 다른 가용할 카드가 전무한 상태였다. 다른 그림이 없었다. 그러나 시대가 너무도 급박하게 변하고 있었다. 그들은 시대를 몰랐다. 지금은 도도한 시대적 요구가 엄청난 변혁을 요구하고 있다는 사실을 그들은 미처 몰랐던 것이었다.

강철은 '천지'라는 존재가 새삼 궁금했다.

김은석같은 미국 시민권자를 북쪽 대표로 세울 수 있을 정도의 능력과 힘을 가지고 김정일 위원장까지도 무력화시킬 수 있는 그는 대체 누구란 말인가? 강철은 그가 최소한 이 통일 한반도에 어떤 존재인지가 중요했다. 현재 미국이 어느 선까지 개입하고 있는 것인가?

미국이 이미 5년 전부터 치밀하게 북에 작전을 시도하여 이제 완전히 북을 장악한 것인가? 그리고 이제 남쪽까지 포함하여 통일을 주도하고 있는 것인가? '천지'와 김은석과는 어떤 관계인가? 김은석 자신이 그인가? 지금까지 남쪽의 이명박 대통령은 전혀 이런 그들의 계획들을 몰랐단 말인가? 과거 민주당은 어떤가? 일사불란하게 그들과 경선 등을 치른 과거 민주당은 이 월화수목금통일계획에 어디까지 관련이 되었는가? 몸통인가? 꼬리인가? 그러나 '천지'는 최소한 5년 전부터 치밀하게 준비하여 여기까지 온 것은 분명했다.

강철은 뭔지 모를 그 벽 앞에서 또다시 숨이 막혔다. 모든 사람들이 너무도 일상적이었다. 마치 '천지'가 투명인간처럼 느껴지는 것만 같았다. 모두가 다 그와 한패인 것도 같았다. 강철은 위압감을 느꼈다.

2012년 12월 1일

이제 2012년 12월 1일부터 드디어 역사적인 한반도 최초의 공화국인 천국의 개국을 알리는 10년 임기의 '천국' 초대 대통령 선출을 위한 선거운동이 시작되었다. 그날은 역시 10년 임기의 천국 초대 국가의원들과 지방자치단체장들을 함께 선출하는 날이기도 했다.

이미 과거 조선노동당과 한국민주당의 합당으로 탄생한 조선민주당은 한반도 전역에 탄탄한 조직력을 가지고 막강한 자금력과 인적, 물적 자원과 정보력까지도 확보하고 있었다. 김은석과 손학규의 세몰이에 남북에서 가는 곳마다 수십만 명에서 백만 명 이상씩이 모여들고 있었다.

이미 이명박 대한민국 현직 대통령과 남북의 교회와도 단절하고 남쪽 불교계만의 힘과 반이명박 세력들인 약간의 극우세력과의 연대만으로 선거를 시작하는 박근혜 후보는 엄청난 열세 속에 출발을 하고 있었다. 지금 이런 상황은 어느 누구도 예상하지 못했던 일들이었다. 박근혜 후보는 강한 신뢰감과 인지도, 친밀도 등에서는 누구에게도 뒤지지 않는

훌륭한 인물이었지만 혁명가는 아니었다. 지금의 대한민국은 통일이라는 엄청난 미증유의 혁명적 상황을 지나가고 있는 중이었다. 설마 그 중심의 시기에 자신이 서게 될 줄은 아마 본인도 예측하지 못했을 것이었다. 지금 한반도는 최초로 한반도 전역에서 세워지는 자유민주공화국인 '천국'의 개국을 앞두고 그 초대대통령 투표를 준비하고 있는 것이었다.

이제 바야흐로 한반도에서 전쟁의 시대는 끝나고 진짜 정치의 시대가 꽃피게 된 것이었다. 모든 이념과 사상과 체제와 철학이 오직 한반도인만의 안녕과 평화를 위하여 올라오는 진짜 정치의 장이 한반도 전역에서 어느 누구의 간섭이나 강요 없이 펼쳐진 것이었다. 수천 년 한반도 역사에 진정한 발전의 출발선에 이제야 서게 되었다.

이제 통일 한반도의 새로운 국가 '천국'은 세계 최상위권의 국력을 가지게 되었다. 경제력, 군사력, 인구수, 문화력까지도 세계 최고 몇 개의 열강국들과 같은 수준으로 올라섰다. 앞으로의 발전 또한 무궁무진한 가능성을 가지게 되었다.

당장 북쪽과 맞닿은 중국의 조선족, 러시아의 고려인, 일본의 재일동포라 불리는 우리의 형제들과 전 세계 곳곳에 없는 곳이 없는 우리의 동포형제들의 힘은 이제 '천국'이라는 한반도의 새로운 자유민주 통일국가를 중심으로 모여지게 되었다. 어마어마한 잠재력이 새롭게 생긴 것이다. 통일

은 이런 것이었다. 그래서 지금까지 주변의 수많은 민족들이
방해를 했고 이제야 우리는 이 일을 이룬 것이었다.

위대한 통일이었다. 꼭 이루고 넘어가야만 했을 선을 우리
는 이제 넘은 것이었다. 그것은 자유와 평등과 희망의 나라
였다. 7,500만 모든 국민들은 한반도 안의 모든 정치인들에
게 이제 전쟁은 그만하고 정치를 하라고 격려했다. 그럴만한
역량이 이 땅에 생긴 것을 7,500만 남북의 국민들이 선언한
것이었다. 그것은 때가 된 것을 의미했다.

강철은 그 때에 이 땅에서 그 중심에 선 자신이 신기했다.
그리고 행복했다.

2013년 1월 8일 화요일

놀라운 일이 또 벌어졌다. 이건 기적이었다. 김정일 국방위
원장이 크리스천이 되기로 결심을 하고 예수를 믿고 물세례
를 받는 엄청난 일이 생겨난 것이었다.

전 세계의 이목이 집중되었다. 모든 지구촌 뉴스의 중심에
김정일 위원장이 물세례를 받는 장면이 있었다. 엄청난 반향
이 생겼다. 김 위원장의 진정성에 모든 사람들의 마음의 벽
이 허물어졌다. 남쪽에서 개신교회의 최고위 원로목사들이

평양으로 올라가서 직접 물세례를 베풀었다. 전 세계 크리스
천 국가원수들의 축하인사가 넘쳐났다. 이제 한반도의 남북
지도자들 간에도 가장 큰 소통의 장이 만들어진 것이었다.
그리고 김은석 후보는 천군만마를 얻었다. 이것이 정치였다.

19. 한반도 통일국가 - 天國의 탄생

2013년 2월 6일 화요일

이제 공식선거운동이 시작된 지 두 달 하고도 6일이 지났다. 가히 한반도는 축제 중이었다. 한반도 안의 모든 사람들이 기쁨과 희망에 가득 차 있었다.

김은석 후보는 그가 진짜 과거의 조선노동당 후보인지가 믿어지지 않을 정도로 친 서방, 친 시장 중심의 정책들을 쏟아내고 있었다. 여기가 마치 미국이 아닌가하는 착각을 할 정도였다.

그가 바로 얼마전까지 미국 민주당 소속으로 워싱턴 주의 로얄 카운티 시장이었던 사실이 지금의 그를 보면서

‘천지’가 그를 선택한 이유인 것을 알 것 같았다. ‘천지’라는 자는 냉정한 전략가였다.

이런 것을 볼수록 강철은 소름이 돋았다. 며칠 후의 한반도가 걱정이 되었다. 그가 통일 한반도의 정권을 잡는 순간 그의 정체가 어떻게 드러날지가 두려웠다. 그러나 이미 주사위는 던져졌다. 그리고 무엇보다도 민중들이 이를 받아들이고 있었다. 그것이 더 두려웠다. 그것은 그가 힘을 가졌다는 의미이기도 했기 때문이었다.

놀라운 일은 또 있었다. 김은석 후보는 한반도 안에서의 핵폐기 및 핵포기전략을 공약으로 내걸었다. 그런데 이번에는 박근혜 후보가 반대로 이미 과거 북을 통해 보유한 핵의 폐기 반대의사와 향후 통일 한반도인 ‘천국’에서의 핵보유 정책을 공약으로 내건 것이었다. 이것은 오히려 많은 유권자들의 지지를 받았다.

이제 선거는 24일 남았다. 두 후보의 지지율 격차는 많이 좁혀졌지만 그래도 현재 9% 차이로 김은석 후보가 앞서고 있었다.

이것은 역사였다. 그리고 예상을 뛰어넘은 또 하나의 특이한 사항은 남북의 모든 광역지자체에서 후보를 낸 양당은 서로 상대방의 지역에서 엇갈려 선전을 하고 있는 것이었다. 북쪽에선 남쪽 출신이 앞서나가고 남쪽에선 북쪽 출신이 앞서는 곳이 북에선 광역도 9개 중 7개, 남에서도 광역도 9개 중 3개나 되었다.

이는 통일 한반도에서 많은 권한을 지자체에 이양하는 상황에서 서로 새로운 바람을 기대하는 주민들의 염원이 담겼고 또한 앞으로는 각 지자체에서 각자의 나아갈 체제와 정책을 결정할 때에 그 방향을 주민들이 선점하고 있다는 의미이기도 했다. 각 국가의원과 지역지자체에서는 대체로 그 장과 의원들이 그 지역의 인사들로 채워지고 있었다.

2013년 2월 28일 목요일

이제 내일이면 한반도 전역에서 최초로 통일된 자유민주공화국인 '天國 – KOREA'의 초대대통령이 7,500만 국민의 표에 의해 선출된다. 현재 두 사람의 지지율 차이는 6%로 좁혀져 내일의 선거 결과를 섣불리 예측하기가 어려워지고 있었다.

선거를 하루 앞두고 남북의 지도자들인 이명박 대통령과 김정일 국방위원장은 공동성명을 발표하여 어떤 결과가 나와도 100% 순복하고 이를 받아들여 2012년 11월 7일 남북 국민 총투표를 통하여 확정된 모든 일정과 계획을 차질 없

이 이행할 것을 확인했다. 그리고 2013년 3월 1일을 기해 당
선자가 꾸리는 정권인수팀에 남북의 현재 모든 권력이 적극
협조하고, 2013년 5월 1일 00시 정각에 남북의 모든 권한과
권력을 새 통일대통령에게 어김없이 이양할 것을 선언했다.
한반도에서의 대한민국과 조선민주주의인민공화국의 통일
은 이렇게 이루어지고 있었다.

　그날 밤 평양의 비밀 벙커에서 김정일 국방위원장은 귀한
손님을 맞이하고 있었다.
　"어서 오십시오."
　김정일 위원장은 최대한 예의를 갖춰 온화한 얼굴로 손님
을 맞이했다.
　"안녕하십니까?"
　이명박 대통령이 화사한 얼굴로 웃으며 들어섰다. 두 사람
은 손을 맞잡고 서로 신뢰가 가득한 눈길을 보냈다.
　"위원장님께서 통일준비를 위해서 그동안 고생이 많으셨
습니다."
　이명박 대통령이 먼저 인사말을 했다.
　"아닙니다. 대통령님이 하셨습니다."
　김정일 위원장이 웃으며 말을 더했다.
　"이명박 대통령님이 월화수목금통일계획을 먼저 제안하

시지 않았다면 통일은 없었을 것입니다."

"그래도 직접 이 평양 지하 벙커에서 5년간이나 이 모든 일들을 직접 챙기신 김정일 위원장님이 수고를 더 하신 겁니다."

"5년 전 대통령님께서 취임하시자마자 바로 제게 연락을 안 하셨다면 절대 없었을 일입니다. 허허허!"

"평화통일은 이 방법 밖에는 없었습니다. 이것이 바로 진짜 그랜드 바겐이었지요. 체제는 내가 받고 대통령은 위원장님이 받았지요. 하하하! 우리 둘만 알고 있었습니다. 아드님은 박근혜 후보처럼 앞으로 스스로 자라서 올라가라 하십시오."

이명박 대통령도 호탕하게 웃었다.

그때 우뢰와 같은 박수를 받으며 손학규 조선민주당 대표가 들어왔다.

"지금 우리 평양의 최고 당 권력이십니다."

김 위원장이 반갑게 웃으며 손 대표를 소개했다.

이명박 대통령이 손학규 대표와 정중하게 악수를 하며 말했다.

"손 대표님께서 저와 뜻을 같이 해주셔서 감사합니다."

"이것이 우리 시대의 운명이었습니다."

손 대표가 웃으며 화답했다.

"우리 이제 '천지'를 들어오라고 할까요?"

김정일 위원장이 웃음이 활짝 핀 얼굴로 손짓을 하자 이명박 대통령의 친형인 이상득 의원과 김정일 위원장의 처남인 장성택 제1부부장이 들어오며 고개를 숙여 인사를 하고 옆에 섰다.

"수고들 많았습니다."

이명박 대통령이 손을 잡아 인사를 했다.

"다들 들어오라 그래"

김 위원장이 옆의 사람에게 지시를 하자 벙커 안으로 사람들이 줄 지어 들어왔다. 100명이었다. 모두 환한 얼굴로 웃으며 인사를 했다. 자부심이 가득한 영웅들의 얼굴이었다. 그 안에는 일본에서 실종되었던 최훈열 교수도 있었다. 스페인에서 실종된 이경철 비서관도 보였다.

"이 사람들이 전부 다 '천지'지요. 정확하게 백 명입니다."

김 위원장이 박수를 치며 이 대통령에게 속삭였다.

"남쪽에서 온 사람들은 손 들어보세요."

이 대통령이 크게 말하자 정확히 50명이 손을 들었다.

"그동안 수고 많았습니다. 5년 동안이나 큰일을 비밀리에 하느라 노고가 컸어요. 역사가 여러분을 기억할 것입니다."

이 대통령의 말에 열화와 같은 박수소리가 벙커 안에 가득 찼다.

"여기 장 부장께서 북쪽 대표 '백두'였고, 이 의원께서 남쪽대표 '한라'였지요? 수고 많았습니다."

김 위원장이 두 사람에게 악수를 청하자 두 사람이 공손히 인사를 했다.

"이제 통일이 되었고 또 내일이면 새 통일 대통령 당선자가 나오니 오늘로 모든 임무는 여기서 끝내고 새로운 대통령의 정권인수팀에 각자가 맡은 자리에서 최대한 협조를 하세요. 여러분들 중에 많은 분들은 다시 정권인수팀으로 들어갈 테니 그리들 알고… 오늘 이 시간부로 월화수목금통일계획과 실무팀 '천지'를 해산합니다!"

김정일 위원장과 이명박 대통령이 단호하게 선언하자 모든 사람들이 박수로 화답을 했다.

그동안 5년간 남과 북에서 최고의 통일요원들이 비밀리에 차출되어 평양의 비밀벙커에서 극비리에 남북 최고 지도자들의 철통같은 보호와 지시로 지금의 이 통일을 이루어낸 것이었다.

그것이 바로 '월화수목금통일계획'이었고, 그들이 '천지'였던 것이다. 그리고 지금 이 기록은 그 비밀의 계획에 대한 보고서이다.

같은 날 새벽 강철은 안개를 가르며 한강을 거슬러 올라가고 있었다. 2월의 마지막 날은 봄기운이 완연했다. 하루가 지나면 3월 1일이 될 터이요, 한반도에는 새로운 통일대통령 탄생으로 새 역사가 씌어 질 것이다.

강철은 '천국'의 왕은 오직 하나님 한 분이신데 '천국'의 대통령이 김은석이나 박근혜 중 하나라고 하는 게 맘에 안 들었다. 또한 '천지'라는 자의 정체가 만약 미국의 CIA이거나 김정일 일파라면 지금까지의 모든 사람들은 놀림을 당한 꼴이 되고 말 일이라고도 생각했다. 아무튼 통일 한반도의 앞날은 내일 정해질 것이었다. 이제 자신이 할 수 있는 일은 아무 것도 없었다.

"무슨 생각을 그리 골똘히 하세요? 사고 나겠어요. 운전이나 잘 하세요."

은경이 웃으며 강철의 허벅지를 지긋이 잡았다. 강철은 보통 사람들은 잘 쓰지 않는 '골똘히'라는 표현을 쓰는 은경을 보며 역시 은경답다고 생각하였다. 그녀를 바라보는 강철의 눈엔 사랑이 가득 담겨 있었다. 두 사람은 이제 아버지 이 목사가 더 이상 없는 양평의 교회로 가고 있는 중이었다.

아버지 이 목사는 이제 없지만 그곳에는 돌보아야 할 다른 사람들이 있었기 때문이었다. 단 한 사람이라도 그곳에 있는 한, 자신은 그곳을 지키러 갈 수밖에 없었다. 자신이 아니고는 그곳 산골의 작은 교회를 지킬 사람은 없다. 그 길이 비록 고독한 길일지라도 강철은 그 곳으로 갈 뿐이었다.

그러나 은경이 옆에 있으니 이 한 여자도 명백히 한 영혼이라면 강철은 이 한 영혼을 위해 사는 것도 거룩한 성직일 것이라 생각하기로 마음먹었다. 그렇게 마음을 바꾸기로 하자, 이제 평생을 성직에 봉사해야 한다는 거룩한 부담감과, 또 한편으로는 포근한 사랑과 휴식을 동시에 얻은 것 같은 만족감이 밀려 왔다. 갑자기 자신은 꽤 재수가 좋은 사람일지도 모르겠다는 생각까지도 들었다.

차창 밖으로는 흰 구름들이 차가운 봄바람에 밀려서 빠르게 흘러 지나가고 있었다. 강을 건너고 산을 넘고 또 넘어서 끝없이 또 끝없이…

이 땅 위엔 고조선, 위만조선, 부여, 옥저, 동예, 마한, 진한, 변한, 가야, 신라, 고구려, 백제, 남부여, 통일신라, 진, 발해, 후백제, 후고구려, 마진, 태봉, 고려, 조선, 대한제국, 조선민주주의인민공화국, 대한민국까지 수많은 부족국가와 나라들이 있다가는 사라졌고, 사라졌다가는 다시 태어나고 했다. 그들은 붙었다가 떨어지기도 했고, 싸우기도 했고 다툼을 멈추기도 했다. 마치 저 산 위에 걸렸다가 지금 막 스쳐 지나간 구름들처럼.

　눈을 들어 다시 하늘을 쳐다보니 하늘엔 또 다른 커다란 흰 구름이 흘러 지나가다가 강 건너의 검봉산에 걸려 있었다. 강철은 은경과의 아름다운 결혼을 꿈꾸며 핸들을 더욱 힘 있게 잡았다. 그러나 그는 지금까지 평양의 비밀벙커에서 무슨 일이 있었는지는 상상도 못했다.

-끝-

글을 마치고

　존경하는 노(老) 작가 한분이 TV에서 행복은 통일이라며 눈시울을 붉히시는 모습을 며칠 전 보았다. 보편적 행복이 한국인들에게 이젠 통일이 되어있다. 사실 남북의 수많은 사람들에게 통일은 지금 행복해지기 위한 중요한 조건이 된 것이다. 멀리 있는 관념이나 철학이 아니라 생활 그 자체인 것이다. 또한 7,500만 한반도인과 800만 재외동포에게는 모든 역량이 급격하게 커지는 획기적 발전의 기회이기도 하다.

　오늘 광화문엔 장맛비가 하루 종일 내리고 있다. 네거리에 우산을 받쳐 들고 섰다. 멀리 청와대가 물안개에 묻히고 정부종합청사, 미국대사관, 세종대왕, 이순신장군 동상이 비속에 가려졌다. 비는 계속 내리고, 신발은 젖고, 앞은 보이지 않는다. 몸을 가린 작은 우산이 세찬 바람에 휘어져 날렸다. 신호가 바뀐다. 지나는 사람들은 모두 장맛비에 이미 적응한 듯 무심하게 제 갈 길들을 간다. 어느 누구도 청와대나 정부청사 쪽엔 눈길 한번 주지 않는다. 다들 바쁘다. 아니, 그렇게 보인다. 통일은 지금 어느 지점에 서 있을까? 책을 탈고하고 출판 일을 기다리며, 나는 지금 또 그 지점을 찾고 있다.
　지금 내 작업실에서 창문을 열면 언제든지 청와대가 보인다. 이 책을 쓰는 몇 달 동안 매일 하루에도 몇 번씩 창문을 열고 그곳을 향해 기도한다. 제발 좀 뭐든지 좀 하게 해달라고. 뭐라도 좋으니 뭐든지 좀 하게 해달라고.

다행히도 어제 대통령이, 통일은 밤의 도적처럼 그렇게 느닷없이 우리 모두에게 온다고, 오해가 있을까 다 말하지는 못하지만 멀지 않았다고 한 말이 인터넷에 떴다. 속으로 숨을 혼자 몰아쉬었다.

정확하게 15년 전 본인의 책, ≪십자가에서 떨어진 목사≫에서, "누구든 통일 후의 청사진을 말하라. 그것이 가장 큰 통일준비이다. 아주 세세한 것까지 말하라. 그래서 남과 북의 사람들에게 통일이 기다려지게 하라. 남과 북의 땅은 어떻게 하며, 화폐개혁은 어떻게 하고, 남과 북의 군인들은 어떻게 되며, 남과 북의 공무원은 어떻게 되고, 학교편제는 어떻게 되고, 남과 북의 개발라인은 어떻게 그으며, 통일 후 남과 북의 정당은 어떻게 운영하고, 국회의원 의석은 몇으로 하고, 남과 북의 방송국, 신문사들은 어떻게 되며, 전쟁책임 문제는 어떻게 하며… 등등… 그래서 남과 북의 사람들이 '통일이 되어도 괜찮겠구나.'라고 생각하게 하라."고 쓴 적이 있었다.

그리고 15년이 지난 지금 나는 결국 이 책을 썼다. 아마도

이 일은 이렇게도 부족하고 철이 없는 사람의 몫인가 하고
생각하면서 말이다. 소설가도 정치가도 아닌 내가 이 책을
쓴 것은 이런 말을 시작한 그 자체로 의미가 있었으면 하는
바람 때문이다. 그리고 훌륭하신 모든 분들의 좋으신 뜻들
이 수면 위로 나오기를 소망하기 때문이다. 그런 날이 온다
면 나는 여한이 없으리라.

　나는 작은 목사일 뿐이다. 그리고 책의 내용 중에 교회를
차용한 것을 교회 관계자 여러분들에게 미안하게 생각한다.
하지만 독자들 모두는 이해해 주시리라 믿는다. 어차피 이
일은 누군가는 해야 할 일이고 누군가는 앞장서서 부르짖어
야 할 일이기도 하기 때문이다.
　무엇보다도 막상 출판하기가 쉽지 않을 이 책을 여기까지
만들어주신 행복우물의 최대석 사장님께 무한한 감사를 드
린다. 아울러 편집과 표지디자인을 맡아주신 행복우물 편
집팀에도 감사드린다. 그리고 오랜 시간 어떤 순간에서도 어
떤 상황에서도 본인을 믿고 지지해준 은정에게 영원한 감사
를 보낸다.

2011년 7월 초의 어느 비오는 날에,

광화문에서⋯　丁 命 哲.

악마의 계교

데이비드 벌린스키 지음 / 현승희 옮김 / 양장본 254쪽 / 16,500원

무신론의 과학적 위장 – 신은 만들어지지 않았다!
이 책은 무신론 과학자들의 억지 주장 속에 숨겨져 있
는 허구들을 낱낱이 들추어낸다. 그리고 그들의 공격으
로 인해 고통당하고 있는 수백만의 믿는 사람들에게 자
신감을 갖게 해 준다.

굿바이 내 사랑 스프라이트

마크 레빈 지음 / 김소향 옮김 / 고급 양장본 / 260쪽 / 9,500원

몸의 여러 질병에도 불구하고 주인에게 기쁨과 위안을
주려는 스프라이트의 노력, 안락사를 시켜야 할지를 두
고 고민하는 가족들의 착잡한 심정, 스프라이트를 떠나
보내면서 가족들이 흘리는 눈물, 주위 사람들이 보내주
는 위로의 편지들…

가난이 선물한 행복

다니엘 최 지음 / 반양장 368쪽 / 11,000원

이 책은 한국판 〈채털리 부인의 사랑〉이다.
두 명의 나를 통하여 들어보는 한 가정의
몰락과 좌절 – 그 가슴 아픈 이야기.
그리고 끈질긴 노력 끝에 마침내 재기에 성공하는
통쾌한 반전드라마!

부부치유학

임종천 지음 / 336쪽 / 14,000원

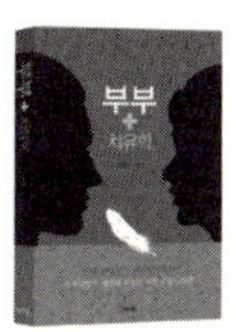

건강한 가정을 꿈꾸는 사람들이라면
반드시 읽어야 할,
부부갈등의 예방과 치료를 위한 종합처방전.

소설 남북통일

초판1쇄 발행 2011년 8월 15일

지은이 정명철 | **펴낸이** 최대석 | **펴낸곳** 행복우물 | **디자인** 행복우물 편집팀
등록번호 제307-2007-14호 | **등록일** 2006년 10월 27일 |
주소 경기도 가평군 가평읍 경반리 173 | **전화** 031-581-0491 |
팩스 031-581-0492 | **이메일** danielcds@naver.com

제판 스크린그래픽센터 | **용지** 월드페이퍼 |
인쇄 천일문화사 | **제본** 상상이상 | **물류** 도서유통 파발마

ISBN 978-89-93525-12-0
정가 11,000원

※ 잘못된 책은 교환해 드립니다.